那些年，
爱教会我们成长

花木蓝／著

中国华侨出版社

序
永远让自己充满阳光与爱

很多人都感觉自己像是一个陀螺，被生活这把鞭子抽着走，抽一下，就要拼命旋转好久好久。为了生存，为了生活，为了更好地生活，我们都在拼命旋转着。

尽管我们一直在旋转，从未停歇，可还是觉得前所未有的孤单和不幸福。有人说这个世界是属于强者的，有人说只有长得好看的人才有青春，有人说生活其实是为了活着，还有人说我们来到这个世界就是为了受苦的。

这些人说得对吗？我不敢认同。如果世界属于强者，那为什么你会甘愿被称为弱者？如果长得好看的人才有青春，那你的前 20 年难道是一片空白的吗？如果生活是为了活着，那我们只要有饭吃、有水喝就好，何必那么拼命呢？如果我们来到这个世界是为了受苦的，那我们眼前这个多姿多彩的世界是为谁准备的呢？

其实，所谓的孤单和不幸福，只不过是我们想象出来的而已。那些所谓的残酷和残忍，也只是我们觉得过得不如别人而已。可我们生来并不是为了和别人比谁过得好的，我们生来是为了品尝这个世界的酸甜苦辣。没有苦，怎么会知道甜是什么滋味呢？

你总是怪这世界太坚硬，如茅坑里的石头，又臭又硬，却忘了，你也是有生命的，连一棵小草都能破土而出，你又怎么不能？你一味地埋怨这个世界，却不知道生命就这样悄悄地溜走了。

你觉得这世界冷酷、没有人情味，却没看看自己是不是也是冷漠、缺乏爱的能力。这本书就是要告诉人们，这世界从未变过，变的只是人心而已。倘若人还是那样积极向上、充满爱的人，那么这世界也同样是热情、充满幸福的世界。

很多时候，我们不是缺少爱，而是缺少爱的能力；我们不是不幸福，而是缺少幸福的能力。

你的爱多一点儿，你的幸福就会多一点儿。

爱世界，爱生活，爱自己，爱那些爱自己的人，世界会为你喝彩，时光都会为你沉醉。

如果你说你不再爱了，我不会埋怨世界的残酷，也不会怪罪时光的残忍，我只会觉得是你累了。

如果你说你开始爱了，我会说，爱吧，爱到世界都崩塌，爱到时光都醉啦。

无论在哪儿，我希望你可以记住一句话：

一个内心充满爱与阳光的人，是不会不幸福的。

那些年，
爱教会我们成长
目录
contents

Chapter1　时光残酷，爱却无处不在
——写给不懂爱的你

千山万水敌不过"爱" / 003

爱犹在，我们却老了 / 007

相知相守，相爱相离 / 011

爱，真的需要勇气 / 016

"牺牲小姐"，从不懂牺牲 / 021

爱，是一种能力 / 026

Chapter2　有些时光就像手心里的沙
——写给活在过去的你

我喜欢了那个人五年 / 033

那段美丽的暗恋时光 / 038

那些年，
爱教会我们成长

目录
contents

有些事，就好像手里的沙 / 043

不是不爱，只是曾爱过 / 047

记住，爱过就不是朋友 / 052

记性好，并不一定是好事 / 057

回不去了，就是回不去了 / 063

Chapter3 加油吧，单身小姐
——写给还在单身的你

这世界的孤单，与你何干 / 071

有谁了解，狂欢里的孤单 / 076

你总是怪这世界太坚硬 / 081

拜拜，相亲者们 / 086

你好，我现在单身 / 092

你究竟敢不敢 / 097

Chapter4 如果走着走着就不爱了
——写给总是分手的你

爱你的人，教会你成长 / 105

走着，走着，就不爱了 / 110

爱情，从来都是辛苦的 / 115

那些年，
爱教会我们成长
目录
contents

想象出来的浪漫情节 / 120

别在爱情里丢了自己 / 125

真正的爱，从不计较得失 / 130

缺少信任，总不会走太远 / 135

Chapter5 婚姻，需要足够的勇气和智慧
——写给即将迈入婚姻的你

结婚，你准备好了吗 / 143

跨得了距离，跨得了人心 / 149

别小看时光的力量 / 154

两个人，两个家庭 / 159

你的安全感在哪里 / 164

永远，到底有多远 / 170

Chapter6 经得起激情，忍得了平淡
——写给围城中的你

婚姻里，学会好好爱自己 / 177

幸福掌握在自己手里 / 181

爱一个人，是要"玩命"的 / 187

一杯红酒配电影 / 193

那些年，
爱教会我们成长
目录
contents

左手玫瑰，右手饭勺 / 198
你有多久没说"我爱你" / 203
时光会给你最好的 / 208

Chapter7 有一种人，叫做幸福
——写给心怀希望的你

二十几岁，谈什么绝望 / 215
死亡面前，一切都是苍白 / 221
一个人也好，两个人也罢 / 226
每一天都是新的 / 232
我喜欢一种叫向日葵的花 / 237
爱吧，爱到时光都醉了 / 242

Chapter1

时光残酷，爱却无处不在
——写给不懂爱的你

有人说，这世界多么残酷，把我们全部伤得体无完肤；也有人说，这时光多么残酷，该带走的不带走，该留下的却带走了。可是，不管这世界有多少伤害，任由这时光多么残酷，爱却总是如同空气一般无处不在。其实，世界和时光并没有我们想象得那么残酷，真正残酷的是我们的心。

Chapter1　时光残酷，爱却无处不在
——写给不懂爱的你

千山万水敌不过"爱"

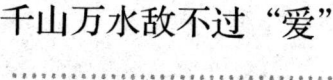

　　我一直在思索一个问题，为什么有的人能够从初恋走到婚姻，而有的人谈过的恋爱用十根手指都数不过来，却仍旧没能步入婚姻的殿堂。我在思索这个问题的时候，Y小姐再次分手的消息传来，于是，我的脑海中浮现出一连串关于Y小姐的问题来。

　　Y小姐多大啦？三十有一了。

　　Y小姐谈过几次恋爱了？数不过来了。

　　Y小姐是不是不想结婚了？不，想结婚都想疯了。

　　说到Y小姐谈过的恋爱，还真是数都数不过来的，从小鲜肉到萌大叔，从富商到白领，恋爱时间也是从三四个月到两三天不等。不是没有合适的人，只是多合适的人到了Y小姐的手里都白搭，她总是以各种理由分手，让人无可奈何。

　　正当我的好友们把Y小姐的恋爱史当作茶余饭后的谈资时，我收到了一位十年好友要结婚的消息，我们暂且叫她矫情小姐，说到矫情，你肯定会想起华妃那一句："贱人就是矫情。"她的确矫情，可并非贱

人。收到朋友结婚的消息并不稀奇，只是，她要结婚，就让我有些稀奇了。因为今年过年的时候，她就放出消息称"五一"前后要结婚，具体日期会逐个通知。可我左等右等，等到整个 5 月都过去了，还是没有等到她的通知，我心想她应该把我忘了。可没想到她现在告诉我她要结婚了。

她发过来一个尴尬的表情，说："怎么能忘了你，上次日子都定了，就是没结成。"

如此劲爆的消息，勾起了我深度挖掘的欲望，我便开始询问她到底是怎么回事。十年好友，又是曾经的闺密，矫情小姐对我也是丝毫不隐瞒，和盘托出，一字不落。

说到矫情小姐和她的准老公，两个人都来自农村，从各自村子里飞出的凤凰，共同落在石家庄上大学。大学毕业以后，矫情小姐在石家庄扎根，她的准老公去了北京工作。两个人第一次定的婚期是 5 月 20 号，是个极其浪漫的日子。可是，矫情小姐竟然半个月联系不到自己的准老公！

这可急坏了矫情小姐，难不成准老公要逃婚？矫情小姐急忙联系准新郎的家里人，因为知道准新郎的爸妈都在忙着婚礼的事情，矫情小姐联系的是准新郎的小姨，拜托小姨帮忙联系一下。这准新郎的小姨话还挺多，矫情小姐不好意思挂电话，就多说了几句，说到现在租房，说到想攒钱买房子。可谁知这些话到了准新郎的爸妈那里，竟演变成了矫情小姐要向他们家要房要车。

矫情小姐大呼自己委屈，自己是提到了房子，但也是准备和准新郎一起攒钱买房子，而车子，她可是半个字都没有提到。

矫情小姐和准新郎吵架，准新郎的爸妈更是甩下了一句话："爱结不结，结也不给办了。"

好，不结就不结。矫情小姐一甩手，还真不结了。喜帖也发了，婚礼也准备了，亲朋好友都通知了，两个主角谈崩了。矫情小姐被自己的爸妈一顿臭骂，即便如此，也没能改变她不结婚的现实。

矫情小姐从一出生开始就满肚子的骄傲和自豪，家境好，学习好，从小就是班干部，五年级的时候就在报纸上发表了文章。大学时，更是叱咤风云的校园人物，学生会主席，兼任学生会办公室主任，她的大名无人不知，无人不晓。以她的脾气，我断定，她肯定是不会和这位准老公结婚了，因为她骨子里的骄傲就能把准新郎三四年对她的好嚼得一点儿不剩。可她却告诉我，这次结婚，没换人。

因为矫情小姐结婚当天，我确实没时间过去，只好提前两天去矫情小姐家里坐坐。

到了矫情小姐家，她愣是拉着我不撒手，或许也是好久不见，这一聊，一整天就过去了。说起矫情小姐的准公婆那也是有点儿过分。老爷子有两个儿子，都在北京。或许是觉得自己供两个儿子上了大学，自己就成了大功臣，老爷子觉得自己享福的日子到了。夏天最热的时候，让儿子带自己爬长城。大热天，三十几度高温，老爷子刚抬腿上了几个台阶就受不了，只好打道回府。长城没爬成，老爷子又知道了一种新鲜的玩意儿——冬虫夏草。据说这玩意儿养生，老爷子便向两个儿子要，两个儿子一打听，一两就要一万多块！一个农村的老爷子，刚五十出头，不种地，不做买卖，每天吃喝玩乐，好吃懒做。

最让矫情小姐受不了的是，大儿子在北京有车有房，却很少回家，也很少为家里花钱；二儿子刚毕业没多久，没房子更没车，可经常回家，更是经常为家里花钱。可老爷子嫌贫爱富，喜欢大儿子，不喜欢小儿子。矫情小姐到婆家去没少遭受白眼和冷遇。很多次，矫情小姐都和准老公因为太孝顺的问题争吵，矫情小姐觉得既然老人不喜欢，何必总是做那些费力不讨好的事情。可矫情小姐的准老公也言之有理："我哥不管我爸妈，我要是再不管，你让他们怎么办？"

"那你为何嫁她？"我问矫情小姐。矫情小姐笑而不语，随后才说："你说呢？"

我说："大抵是因为爱吧。"如果爱，千难万阻又奈我何？如果爱，千山万水又奈我何？

从矫情小姐的家里出来，她送我到了村口，互道再见，便各奔回家的路。我回头看了一眼她，夕阳的余晖洒在她欢快的棉拖鞋上，将她的身影拉成一道夸张的感叹号。隔着那么远，我仿佛能听到她嘴里哼的小曲。

一个心里还有爱的人大抵就是这个模样吧，想必飞蛾在扑火时也是这个模样吧，心中有爱，嘴上有笑，还哼着小曲，便不觉得前方的路有多难走了。心就那么大，装下了爱，就把仇恨、抱怨等负能量全都赶跑了。

我再一次想起了Y小姐，她应该是心里没有爱的人吧。

Chapter1 时光残酷，爱却无处不在
———写给不懂爱的你

爱犹在，我们却老了

回老家，刚走进我们家的巷子里，就听见对面邻居的吵闹声。

进家门，问我妈怎么回事，原来又是因为赡养问题。我们家对面邻居是一对老夫妻，他们有四个儿子，家庭条件参差不齐。也不知道是怎么回事，老夫妻今天这个说腰疼，明天那个说头疼，总是有各种毛病要儿子带着去医院。结果去医院一查，什么事儿都没有，老夫妻坚信身体出了问题，硬是在医院住上十天半月才回来。这样的戏码每隔一段时间就会上演一次，但凡儿子说出个"不"字来，老两口都嚷着要寻死觅活。

在同村人眼里，这对老夫妻实际上是很享福的，他们吃穿不愁，什么都不用做。可老夫妻似乎并不满足，总觉得自己老了，儿子们要害自己似的。据邻居家的一个儿媳妇说，有一次做的面条可能太烫了，老夫妻竟然一下子把锅给掀翻了，说："你们是不是就盼着我们死，想烫死我们是不是？"儿媳妇真是无奈。

吵闹声一直到半夜才停止，家里总算安静了。

我妈说起我姥姥，说我姥姥现在在小学门口卖烤肠，后来，生意不错，便开始卖各种孩子的零食、文具之类的东西。我不禁哑然，一辈子没做过买卖，老了居然开始做买卖了，是不是姥姥缺钱花？

姥爷在几年前去世了，剩下姥姥一个人。我妈姐妹四个，没有兄弟，她们只想让姥姥安度晚年。所幸姐妹四个嫁得都不远，都可以照顾姥姥。其实，姥姥也是不愁吃穿的，她没有必要开始做买卖啊。

我去姥姥家看望姥姥，然后看到了姥姥"做生意"的过程。一根烤肠一块钱，利润四毛钱，姥姥只在学校放学的时候去摆摊，每天能卖出五十根左右。有时，看见谁家的孩子没有大人跟着，便直接给人家一根，不要钱。熟人过来买，直接摆手，说："不要钱，下次再说吧。"原本还有二十块的利润，可除去电费，再加上白送出去的，利润能剩下几块钱就不错了。

再看姥姥中午卖小零食和文具，看见谁家孩子馋得流口水，兜里又没零花钱，就直接送；看见谁家孩子面熟，买过好多次了，便随便拿点儿什么当赠品；看见几个孩子围着自己转，直接打开一包零食给孩子们分！小零食的价格大多都是五毛一块，利润也就一两毛钱，一天下来，利润也就几块钱，加上白送出去的，不赔钱就是好事了。

太善良的人，没办法做生意，我的姥姥就是如此，可姥姥似乎做生意上了瘾，每天都惦记着上货、出摊、数钱。

我问姥姥："一把年纪了，为什么还要这么折腾自己？没事做的话，可以去打打牌或者打麻将啊。"姥姥眉头一皱："天天输钱！"我笑了笑说："没关系啊，玩牌玩的小，输又能输多少。"可姥姥竟然大发雷霆，说："钱又不是大风刮来的，我多少能挣点，还不老呢！"

我在心里默默给姥姥点赞，真是越老越不服老。我妈和几个姨都表示支持姥姥，她开心就好，难得岁数这么大了，还这么热爱生活。

回老家的另外一个收获是，我的奶奶成了红人。怎么说呢？那还要从广场舞说起。村里组织了广场舞的队伍，我奶奶表现得非常积极。她是整个队伍里年龄最大的，七十多岁的高龄站在四五十岁的大妈中，那可是相当抢眼。据说，去参加县里的比赛，奶奶还化了妆，摄像机一直对着奶奶拍个不停，奶奶上了电视，那叫一个风光。

晚上，村里的音乐一响，男女老少就都向广场聚集，广场舞的练习就开始了。我也过去凑个热闹，却发现我奶奶在一边噘着嘴生闷气。

"奶奶，你咋了？"

"明天有比赛，不让我去。"

"为什么？"

"还不是嫌我岁数大了，新学的动作不熟练，哼，我们岁数是大了，可多给我们一点儿时间练，不比她们差，你看那个谁啊，胳膊伸的都不对，再看那个，动作那么僵，哪个比得上我！"

真是让我哭笑不得，年纪一大把了，还像个孩子，那句话说得没错，老小孩子，越老越像小孩儿。

其实，说到奶奶的一生也挺坎坷的，爷爷当年对家里的事情一概不管，家里的大事小情都是奶奶一个人操持。爷爷去世之后，奶奶消沉了好一段时间，便开始一个人过日子。当时一家人还担心奶奶过不好，让我们孙子辈的孩子轮流陪伴奶奶。可如今看来，她老人家活得那叫一个有滋有味。

不禁想到邻居家的老两口，都是岁数差不多的老人，为什么有的一再想要减轻儿女的负担，想要自力更生；有的活得有滋有味；而有的却一直活在痛苦和怀疑中，连自己最亲、最爱的人也信不过。

老人如此，我们年轻人又怎样呢？我忽然意识到，身边的好多人都像极了我家邻居，他们似乎根本不相信爱的存在，怀疑这个世界的一切，总觉得别人会欺骗自己，会伤害自己，所以他们不愿意付出，只想要回报，就像一只刺猬，把自己所有的刺对着这个世界，看上去像是保护自己，实际上却脱离了这个世界。

爱其实一直都在，只是我们都老了。

什么是老了？当我们失去爱的能力时，我们就老了。不再相信爱情、亲情和友情，怀疑这个世界的一切，那个时候就是老了。

不知道从什么时候开始，我们都老了。我们变得自私，变得懦弱，变得看着谁都像是自己的敌人。

年轻人应当是有活力的，应当是敢闯、敢拼、敢做的，而不是躲在自己的刺里，随时提防着别人。

我开始想象自己年老的生活，我要像我的奶奶和姥姥那样，虽然年老，也依然爱着这个世界。

我妈说，我奶奶和我姥姥现在是超级闺密，无话不谈。让我觉得奇怪的是，奶奶和我家邻居住得那么近，竟然没看见过他们聊天说话，更别谈成为闺密了。

有爱的人自然更容易走到一起。

相知相守，相爱相离

　　老实说，在爱情方面，我是没有多少发言权的，因为自始至终，我只谈过一场恋爱，一谈便谈到了结婚。

　　可是，我的好友们从大学开始就一直向我咨询感情问题，总感觉我是一个情感专家一样，或许是因为我写小说的缘故吧。

　　结婚以后，我感觉自己的爱情观又有了新的变化，就像题目写的那样：相知相守，相爱相离。

　　两个人，相知才能相守，而相爱则要相离。

　　从公司辞职之后，我便开始全职写稿子，中午出去觅食，短暂午休过后继续写稿子，晚上买菜做饭，等待左先生回家。而左先生是一个上班族，每周的休息日只有一天。其实和很多夫妻一样，我总觉得我们在一起的时间太少了。

　　很多创作的人都知道，晚上其实是最佳的创作时间，可如果我晚上写稿子的话，我和左先生一整天都不会有交集了。所以，我白天会很努力地写稿子，到了晚上，便全心全意地陪着左先生。

可我很快便发现了问题,我每天都在努力寻找话题,问他工作上的事情,他嘴里永远只有两个字:还行。

"今天工作忙吗?"

"还行。"

"今天是不是很累呀?"

"还行。"

他每天吃完饭就窝在沙发里,抱着遥控器看电视,而且他从来不看正在直播的电视剧,而是网络上可以找得到全集的电视剧,这样他可以不用等待更新,每天可以看上四五集。有时候,我会觉得我在他身边就好像是空气一样,但我稍微动静大一点儿,他便说:"你去写稿子吧。"

他每个星期只有一天的休息时间,那一天的休息时间,他要么窝在沙发里看一整天电视,要么给家里的边边角角做卫生。他这样的行为真的让我很窝火,我们可是新婚夫妇啊,难道唯一一整天可以在一起的日子,不应该是出去玩一玩吗?哪怕只是逛逛街,看看电影。

然后,有一天我终于爆发了。

那天恰好是左先生的休息日,他一直在沙发上看电视,这已经是他看的第N部电视剧了,《水浒传》,没错,是刚刚迷上的。

我本想陪他看电视的,因为他看的是新版的《水浒传》,恰好我也想看新版是如何演绎武松杀死西门庆那一段的,便对他提出要求,他不耐烦地把IPAD扔给我,说:"你自己去看吧,那段我看过了。"

我抱着IPAD进了卧室,一个人没心思看,便小睡了一会儿。起来之后，发现左先生仍然在看电视，我提出去看电影，左先生眼皮都没有抬一下，说："没意思，不去。"

我在卧室转了一圈，又提出去打羽毛球，他支支吾吾也不给个准话。我终于受不了了，走进卧室，"砰"地关上了门。

左先生还是比较了解我的，知道我发脾气了，急忙进了卧室。尽管他来得很及时，也还是没能阻止我们争吵。

"你每个星期就休息一天，晚上回来你就看一晚上电视，休息一天你就看一整天电视，我想让你好好陪陪我，行不行？"

"我没有陪你吗？我已经二十四小时待在家里了，还让我怎么陪啊？"

"你那叫陪我吗？你那是陪电视，你整天盯着电视看，看过我一眼吗？"

"那你说怎么才叫陪你？"

"我说看电影你不看，我说打羽毛球你不去，我已经很明确地告诉你了，你的心根本没在我这儿，就在电视上！"

"好，我们现在去。"

"不去了，晚了！"

我们一直争执不下，后来我索性打开电脑写稿子，因为确实有些稿子比较赶，而我在左先生休息的时候，从来不会赶稿子。左先生就坐在我旁边玩手机，他说再也不看电视了。

后来，我决定给他一个台阶下，主动提出去看电影。看完电影，两个人的关系才缓和。

左先生一直是一个比较木讷的人，他不善于表达感情，我在发脾气的时候，他从来不敢惹我，而一旦吵完架，他说话的胆子便会大很多。

那天看完电影出来，我直接就说了一句："我知道我不发脾气了，你就又胆儿大了，想说什么就说吧。"

左先生一开始只是笑，然后说："你没良心就看得见我的不好，看不见我对你好的时候，也不知道是哪个没心没肺的把我炖了一个上午的牛肉吃得干干净净。"

我无言以对，仔细解释自己只是想让他陪我而已。

到了晚上，左先生早早睡去，我却怎么都睡不着，我在想，是不是我错了？我一直在强调我会努力白天写稿子，休息日绝不赶稿子，为的是和左先生多一些在一起的时间，好像一直在标榜自己的伟大，却忽略了左先生自己的想法。

他未必希望我为了他，而努力白天写稿子，或是放弃写稿子，他可能更希望我能够自由安排自己的时间。确切地说，他不想"拖累"我，而我似乎一直打着"爱他"的旗号"拖累"着他。

爱，是一种自然而然的表达，从来不是刻意的。

两个人非要规定多久看一场电影才是陪伴吗？非要一起聊着彼此感兴趣的话题才是陪伴吗？非要一起旅行才是陪伴吗？

你需要我时，我就在你身边，这才是真正的陪伴吧。

左先生果然不看电视了，他还把电视机彻底关机，把遥控器束之高阁。可我看到了左先生深深的寂寞，他只能看手机。那天我抱着I-PAD看，他提出了强烈的抗议："你不允许我看，你自己还看！"可我真的不知道可以做什么，因为两个人哪有那么多话可以说呢？于是，我默默地打开电视机，把遥控器还给了左先生。

后来，我看了《一路上有你》，张智霖和袁咏仪这对认识二十三年、结婚十三年的夫妇，他们在晚上的相处模式，结结实实地触动了我。他们两个人躺在床上，一个在敷面膜看书，另一个听音乐摆弄着手里的手机，只是偶尔有只言片语，而白天，他们活力四射，总是那么有默契。

真正的陪伴大抵就是这个样子吧，两个人都是自由的，两个人又都是随时准备为对方服务的。

两个人相知，然后相守；两个人相爱，最后相离。

我爱你，所以我给你自由、绝对的支持和信任；我爱你，所以我毫无保留，时刻准备，在你需要的时候，第一个来到你的身边。

我在写下这篇稿子的时候，左先生又看上了新的电视剧。

"老公，水！"

"噢，来了！"

我听到他快速穿拖鞋的声音，然后端着一杯水来到了我身边，嗯，就是这样。

有时候距离真的会产生美，这是事实。

爱，真的需要勇气

当梁静茹的一首《勇气》红遍大江南北的时候，我还不懂什么是爱情。那个时候，很喜欢这首歌，和朋友们在一起的时候，经常一起合唱高潮的部分。

"爱，真的需要勇气，来面对流言蜚语，只要你一个眼神肯定，我的爱就有意义。我们都需要勇气，去相信会在一起，人潮涌起我能感觉你，捧在我手心里，你的真心。"

一段爱情，有了勇气就等于成功了一半。

可这世间有多少爱情，因为没有勇气，都化成了回忆呢？

她是我的大学同学，长相还好，只是皮肤出奇的黑，笑的时候，一排洁白的牙齿非常抢眼。她人很好，活泼开朗，开得起玩笑，大家都叫她黑妹。

黑妹特别喜欢交朋友，无论男女，来者不拒。因为能说会道，时不时还能说上几个搞笑的段子，把人逗得捧腹大笑，黑妹进入了学校的广播台，成为了一名主播。

和黑妹搭档的是其他系的一个师哥，如果说他帅，那还有点儿算不上，但是他文质彬彬，行为举止都比较儒雅，很像是古代进京赶考的那种书生，所以，大家都叫他书生哥。书生哥学习成绩特别好，每年都拿奖学金，是校学生会的副主席。单看他那一身的书生气，还真没感觉出来有什么领导气质。

一个活泼搞笑，一个一本正经，两个人的组合竟然出乎意料地火了，他们主持的那档节目也成为广播台最受欢迎的节目。

大二的时候，身边的同学都开始谈恋爱了，黑妹也是蠢蠢欲动。她其实早就有了小心思，心里的那个人不是别人，正是她的搭档书生哥。

可是，除了录节目，以及广播台的集体活动，私下里黑妹和书生哥几乎没有任何交集。

有时候，喜欢上一个人真的是一件最简单不过的事情，一个眼神，几句话，抑或是在一起久了，莫名就有了感觉。可是，让一个人的喜欢变成两个人的爱情，对很多人来说，似乎就变成了再难不过的事情。

最起码对黑妹来说就是这样的。

黑妹和书生哥的广播节目是每周六播出，周六之前两个人肯定还要另外约时间做一次排练。虽然不像同班同学接触得那么频繁，可如果黑妹想要挑明这件事，有太多的机会了。

可整整一年过去了，黑妹和书生哥的关系始终都只是搭档，原因很简单，黑妹始终不敢向书生哥表白。

私下里,我们没少怂恿黑妹去表白,可黑妹总是叹一口气,便没有更多的话了。

有一次班级聚会,我坐在黑妹旁边,黑妹有些不胜酒力,多喝了点儿酒,话便开始滔滔不绝起来。

"书生哥是学霸,我就是一个学渣,你们都让我表白,我有什么资格表白啊?"

"我一万次地想,万一我真的表白成功了,和书生哥站一起,整个一黑白配,连我自己都觉得不搭。"

"你说我又矮又黑,这辈子还能找到对象吗?"

言辞里听得出,黑妹平日里叽叽喳喳、闹闹腾腾的,实际上骨子里是个非常自卑的人。大家都觉得这样的人没有烦恼,可实际上他们只不过从不把自己的烦恼拿出来示人,人前在笑,人后却在偷偷地掉眼泪。

那次醉酒之后,黑妹又变回了平日里的黑妹,爱玩爱闹,爱说爱笑。

转眼间大三了,黑妹和书生哥始终保持着刚刚好的距离。书生哥大四了,忙着写论文和找工作,但是却仍然坚持做那档节目。这几年培养的默契,足以让他们不用排练,直接进行节目的播出了。

我们快要进入大四的时候,书生哥就要毕业了。毕业之前,书生哥请广播台的人一起吃饭,黑妹自然在邀请之列。

那天晚上我们集体怂恿黑妹,要她抓住最后一次机会,黑妹也下了决心,如果不说出来,可就真的没有机会了。我们全体出动,帮黑妹搭配了晚上穿的衣服，擅长化妆的同学还帮黑妹化了妆。

被我们精心打扮了一番的黑妹摇身一变，也成了漂亮的丽人，她就在我们的万众期待中，雄赳赳、气昂昂地参加最后的晚餐去了。

可那天晚上，黑妹喝得酩酊大醉，回来的时候还是被人搀回来的，回来后在厕所里吐得要多难看有多难看。

第二天早上，我们集体问她，到底表白了没有。

她说没有。

我们问她为什么，她说书生哥要回老家了。

书生哥是黑龙江人，又是家里的独子，家里人希望他回老家，他也已经在老家找好了工作。黑妹一说书生哥要回老家，我们就知道没戏了，因为黑妹是本市人，将来两个人不太可能有交集了。很多人在大学里谈了四年恋爱，毕业的时候分手，不就是因为有人要回老家，有人要留下来发展吗？

但是，后来黑妹告诉我说，真正让她难过的原因不是因为书生哥要回老家，而是书生哥给她写的一封信。那天晚上吃饭的时候，书生哥特意来到了黑妹身边，和她喝了一杯酒，然后塞给她一封信。黑妹忍不住自己的好奇心，偷偷地跑去厕所就看了。

黑妹说，书生哥在信里说，在黑妹一入学的时候，他就喜欢上这个黑黑的小丫头了，觉得这世界上怎么会有这么好玩儿的小丫头，他大四的时候忙得像是陀螺一样却仍旧和黑妹主持那档节目也是因为除了做节目，他们就不会有交集了。可书生哥觉得，自己这么闷的一个人，活像一个闷葫芦，像黑妹这么活泼可爱的女孩子怎么会喜欢他呢？

书生哥还说，本来他想留在这边的，可是想想看，除了黑妹，这座城市也没有什么可留恋的，可两个人至今也没有什么交集，他觉得还是算了，便决定回老家了。

　　所以，黑妹悔得肠子都青了，如果能够勇敢一点儿，结局会不会就不一样？

　　黑妹和书生哥的故事到这里就结束了。

　　知道真相的我不禁在想，整整三年的时间，这三年里，哪怕两个人中有一个人能够勇敢一点儿，说出那一句"我喜欢你"，可能大学校园里就又多了一段美丽的爱情故事了。可两个人还是遗憾地错过了。

　　爱，真的需要勇气。勇敢地迈出那一小步，在你的人生阅历上就是一大步，想想看，被拒绝了又怎么样呢？至少你不会后悔，如果一直不勇敢，等到真正没有机会的时候，可能所有人都会有遗憾吧。

"牺牲小姐"，从不懂牺牲

我们习惯于给很多东西下定义，用一个句子去解释一个词语，让别人能够明白这个词语的意义所在。可是，我不禁要问，谁能给爱下一个定义呢？

什么叫爱？什么又叫不爱？

让我想出这个问题的人是"牺牲小姐"。"牺牲小姐"是我高中时代的闺密，我之所以喊她"牺牲小姐"，是因为我觉得她在爱里牺牲得太多了。可是，她却不这样认为，每次我说她牺牲太多，她总会说："你不懂什么是爱？！"

"牺牲小姐"和W在不同的城市上学，"牺牲小姐"上了一所专科院校，而W家境殷实，是家里唯一的儿子，上了一所三本院校。虽然两个人的城市离得很近，可他们还是不能常常见面。

作为"牺牲小姐"高中时代的闺密，我并不喜欢W。W乍一看上去还算是老老实实的男生，可是他的笑容总透着一种坏坏的感觉，他不喜欢与人交往，交往圈子很小，没有参加过任何一场班级聚会。我不喜欢他的原因，是因为和他说话的时候，他的语气里总有一股纨绔子弟的轻佻感。

可我看得出来，"牺牲小姐"爱他爱得很深。

因为是异地恋，"牺牲小姐"经常去网吧，这样两个人可以视频，"牺牲小姐"说她经常在网吧里包夜。我问她，需要视频一晚上吗？"牺牲小姐"说："不是的，我们开着视频，他玩游戏，我看电视剧。"每当想到这里，我都会心疼她，一个女孩子在一个陌生的城市里，独自一人去网吧，只为和自己的男朋友视频，而他的男朋友还在玩游戏。

大学那两年，只要和"牺牲小姐"说话，我接收到的都是满满的负能量。她说，他太爱玩游戏了，有时候好长时间联系不到他，他都在玩游戏。她说："他太过分了，每次都是让我过去找他，一让他来找我，就说太忙了。我想分手了，他一点儿上进心都没有，就知道玩。"

好多次，我都说："要不就分手吧。""牺牲小姐"总是会说："好，我考虑考虑。"然后，没过多久，我收到的还是"牺牲小姐"对W无穷尽的抱怨。偶尔，她自己也会想要分手，可每次都下不了决心。

真正的牺牲是从"牺牲小姐"毕业开始的。因为是专科，"牺牲小姐"比W早一年毕业，她本来签了一份很不错的工作，是北京的一家国企，待遇也很不错，"牺牲小姐"也非常满意。那个时候，"牺牲小姐"的妈妈身体不是很好，我一再提醒她，先把心思放在工作上，感情的事情先放一放。她也答应得很干脆。

没想到我们再联系的时候，"牺牲小姐"已经辞职了，她去了W的城市，找了一份工作，然后，他们同居了。

我很生气地质问她，为什么要辞职，那么好的工作！她的回答轻描淡写："好不容易毕业，结束了异地恋，我如果留在北京的话，可能就得分手了。"

后来，W要考研，老实说，我觉得W考研很可笑，他根本就不爱学习，在高中时代成绩一直在下游，在大学更是网络游戏不离手。"牺牲小姐"也觉得W不适合考研，可她竟然无条件地支持他。第一年，W没有复习就上了考场，没考上那是必然的，可他竟然还要复读一年。"牺牲小姐"说："没关系，我等他。"第二年，W也根本没把心思放在考研上，考研前一天，他当了逃兵，连考场都没上。

那段时间，我甚至不敢联系"牺牲小姐"，因为她太想和W在一起了，太想结婚了，她已经等了两年，再等下去不知道会是什么样的结局。我一直等待"牺牲小姐"联系我，她这个人，若是有问题肯定会找你，她若不主动找你，你就是怎么逼她，她也不会说。

可我等来的消息却是，W的家人帮W在辽宁安排了一份工作，"牺牲小姐"毫不犹豫地又辞掉了自己的工作，跟随W去了辽宁。

曾经的"牺牲小姐"，也是一个有梦想、有追求的人。她心灵手巧，虽然成绩并不好，可骨子里透着一种灵气。她曾经说要开一间西饼屋，她是个十足的吃货，对吃颇有研究。我丝毫不怀疑"牺牲小姐"的能力和耐心。她原本想先去一家西饼屋打工学习，然后攒点儿钱创业，可为了W，她或许早已经忘记自己说过这样的话了。

我说："你为了爱情牺牲的太多了吧？"

她说："那是因为你不懂爱，爱一个人，谈什么牺牲的，为他做任何事都是值得的。"

　　"牺牲小姐"的话没错，可是，至少这种值得，应该是有一个值得为之付出的人，这种值得也应该建立在爱自己的基础上吧。

　　如果不是牺牲，而是值得。那为什么W没有舍弃自己的网络游戏，多陪一陪自己的"牺牲小姐"呢？为什么W没有放弃考研，找一份工作和"牺牲小姐"踏踏实实地过日子呢？

　　我之所以不喜欢W，还有一个原因。那就是他们相爱六七年，老家就隔着几个村子，W竟然从没有带"牺牲小姐"回过家，见过他的父母。在我们农村里，基本上确定关系的恋人，逢年过节都要去对方家里拜访，这是基本的礼节，如果两个人谈了多年恋爱，从来没有见过家长，那么，不是小辈不懂事，就是长辈不赞同这桩婚事。

　　去了辽宁的"牺牲小姐"和W租了一个小房子，过起了属于他们的小日子。"牺牲小姐"的抱怨仍然没有停止。W的工作工资不是太高，"牺牲小姐"的工资就更别提了。"牺牲小姐"告诉我说，他们两个挣得不多，花的却不少。W想攒钱结婚，却受不了一点儿苦，给小房子添了冰箱、洗衣机、空调，还每人买了一个IPAD。一年多了，两个人的银行卡上的积蓄还和刚开始来辽宁时一样，没有变化。

　　"牺牲小姐"问我："你说我俩什么时候才能结婚啊？"

　　我说："不知道，看你们的造化吧。"

　　也许，对于他们的爱情，我一个外人没有发言权。可我仍旧觉得，盲目的爱，也是一种爱无能的表现。如果可以，我希望"牺牲小姐"不要再牺牲了。

爱情如此，亲情又何尝不是如此呢？

我的一个高中同学，在大学校园里混得风生水起，他的专业很好，毕业便签了工作，还找了一个当地的女朋友。就在所有人都对他羡慕不已的时候，他毅然决然分手，回了老家。

当时我们所有人都觉得非常诧异，也都劝过他。可他说，他是家里唯一的儿子，家里人希望他回老家，他便真的回去了。

可是，回去的境遇又是怎样的呢？他的专业在一个小县城里根本毫无用武之地，家里托了很多关系，花了很多钱，才给他找了一份稳定的工作，每月工资一千八，而且只是合同工，并不是传说中的铁饭碗。工作刚刚落定，他又开始发愁他的终身大事，小县城里的姑娘大多都是没学历的，基本上上到初中毕业就辍学了，他是上过大学、见过大世面的人，哪里看得上这些姑娘。他同龄人的孩子都已经上幼儿园了，他仍然是一个人。家里人仍旧四处托人给他介绍女朋友。

父母已是花甲年纪，却仍旧为他操着心。其实，事情的结局本不应该是这样的。如果他没有回老家，他能拥有一份稳定的高薪工作，他的终身大事也不需要父母操心，而托人找工作花的钱已经可以够他在城里付首付了。或许，过两年，他顺利和女朋友结婚，偶尔把父母接过来同住，父母生病，还可以享受城市里高端的医疗技术。虽然不能天天见面，可总比让父母在花甲之年还不能享受天伦之乐来的好吧。

孝顺父母自然没错，可是，孝顺并不是盲目地听从。

爱情，亲情，友情，从来都不是盲目的爱，付出也好，收获也罢，一味强调自己是为了爱，其实，恰恰证明，那根本不是爱。

爱，是一种能力

不知道从什么时候开始，我们总是能发现生活中的怪现象。

在一起多年的情侣，因为生活住所的问题，各奔东西；从小玩到大的发小，因为借钱，开始质疑他的人品，处处躲避；相处和睦的同事，因为得到了老板的赏识，开始对人家心存芥蒂。

你可能会说，这些现象很怪吗？这很正常啊。恰恰是因为很多人觉得这些现象很正常，才会让人觉得很奇怪。

在一起多年的情侣，或许已经是左手和右手的关系，就因为房子的问题，各奔东西，这难道会是真爱吗？谁都会有缺钱的时候，就因为借一次钱，就丢下那么多年的友情，怀疑这个，怀疑那个。同事是凭借自己的本事博得老板的赏识，原本应当向人家学习，却演变成了忌妒。

什么时候，我们的内心多了这么多的阴暗面呢？或许，就是从失去爱这种能力的时候开始。很多人之所以不幸福，不是因为天灾人祸，而是因为缺乏爱的能力。

Chapter1　时光残酷，爱却无处不在
　　　　——写给不懂爱的你

　　H是我的同学，眼睛细长，总是冒着寒光，她生气的时候看人，总是会令人毛骨悚然。在一个班级里，每个人都会多多少少有一些朋友，活泼开朗一些的可能交际圈已经拓展到了别的班、别的学校，文静内向一些的也会有一两个聊得来的朋友。可是，H没有朋友。确切地说她没有真正的朋友。

　　有那么一小段时间，我和H坐在了一起，原本两个人客客气气，偶尔也能笑着聊上几句。H还帮我打过水，我也帮她整理过学习资料。我当时在想H不像大家想的那样难接触啊，也还是个不错的人。可有一次，我终于知道为什么她没有朋友了。

　　有一次，我和前面的人在聊天，因为那人在我的右前方，我必须向右侧着一点儿身子，才能保证两个人聊天畅通无阻，恰好H在我的右边。我们聊得正尽兴，也笑得很开心，当时聊的什么内容已经不记得了，只记得笑得很开心。H很敏感，她以为我们在笑她，用力把书一摔，大声地对我说："笑什么笑，有什么好笑的，你再这样笑，我不客气了！"

　　我当时愣住了，周边的人都在看我，我觉得好尴尬，只好停止聊天。我们停止聊天后，我还听见H在那里嘀咕："有什么好笑的，也不怕笑死，笑死活该，笑死一个少一个。"她的声音很小，可足够让我听见了，我当时脑袋都是蒙的，我和H没有什么深仇大怨吧，即便是谈话内容涉及她，她也不至于要咒我们死吧，更何况我们真的没有聊到她。

　　后来，我另外的同学告诉我，H一直是这样的，她有时候和你关

系很好，但如果你一不小心冒犯到她，她不管三七二十一都会对你破口大骂，用书抽你都是有可能的，因为有人就被她抽过，把脸都抽肿了。而且，同学还告诉我，她从来不会帮你任何忙，除非她有求于你。

天啊，我庆幸我躲过一劫，如果她真的拿书抽我，我还真的不知道该怎么办。后来，我打听到了一些消息，H之所以这样应该是和她的家庭有关系的。她的妈妈是南方人，她爸爸年轻的时候家里穷，讨不到老婆，后来好不容易娶了个老婆，但他们之间的感情并不怎么好。

在农村里，男人费尽心思讨老婆，无非就是为了生儿子传宗接代，可她偏偏是个女孩子，得不到爸爸以及爷爷奶奶的喜欢，她的妈妈又是一个外乡人，和一个不爱的男人生了她，对她自然也没有太大的好感。据说，她曾经亲眼看见妈妈逃跑，被全家人捆回来的场景。从小就生活在这样一个无爱的家庭里，她缺乏爱的能力也就很好解释了。

毕业的时候，我们忙着写同学录，H一直在忙着学习，她永远在她自己的世界里，别人休想闯进去。有时候想想，会觉得她很可怜，她总是一个人难道不觉得难过吗？或许，一个心中没有爱的人，觉得孤独才是最正确的选择。

毕业以后，我们就失去了联系，我再也没有见过她，她也从未参加过一场同学聚会。后来，从和她去了同一所学校的人那里了解到，大学里的H仍旧像是一只刺猬，显得与任何人都格格不入。她不会参与任何集体活动。一开始，大家互相不了解，还是会和她交往，可时间久了，大家都知道她是一个极度自私自利的人，也就慢慢疏远了她。而谈恋爱对H来说，更是一件不可能的事情。

年少的时候，原谅和理解来得都轻松自然，而越长大就离这些越远。高中同学会迁就你的，大学同学不一定会，同事更不一定会；老师会迁就你的，老板就不一定会。大学毕业的 H 凭借优秀的学习成绩，还真的找了一份不错的工作，可没过两个月，她把全公司的同事都得罪光了。不过，这对 H 而言已经是家常便饭，她不在乎。起初，老板也很欣赏她的个性，可在一次团队合作中，她的表现让她失去了老板的信任，于是，她就辞职了。

再后来，我们都没有了 H 消息，因为她不会和任何人联系。

其实，我也承认她很不幸，造成这一切的原因，和她的家庭脱不了干系，可她明明是可以改变这一切的，但她没有。她之所以不幸福，是因为她缺少爱的能力，一个心里没有爱的人，一个永远活在阴影里的人，是不可能见到阳光的。这样一个她，又怎么会得到幸福呢？

我们时常会说，这个世界怎么这么阴暗，到处都是尔虞我诈，到处充满了利益铜臭，可是，为什么没有人从自己身上出发想一想，自己之所以总是觉得世界阴暗，难道不是因为自己缺乏爱的能力吗？

我还记得我刚刚步入职场的时候，同一个岗位的人有两个，实习期结束只可能留下一个。或许是因为竞争关系，让我对另一个人总是充满敌意，在我眼里，她的一切都很糟糕。有一段时间她总是帮我打饭，中午还要替我值班，让我休息。偶尔和我聊天的时候，会和我说这里工作太累了，你要不然投投简历试试别的公司吧。这一系列的行为让我严重怀疑她是不是另有所图。

但是，实习期结束的时候，她告诉我说，她不喜欢这里的工作，已经找了另外一家公司。她还劝我说，你要觉得累，也辞职吧。最后一起吃饭的时候，我忽然觉得很内疚，她最后那段时间之所以对我那么好，原来只是单纯地觉得我很累，反正她也要走，所以想多替我分担一些，而她劝我辞职也是真心的。

这个世界上哪有那么多坏人呢？我们为什么总把别人想得那么坏，总把别人的好意当作另有所图？朋友也好，同事也好，情人也好，家人也好，我们的内心如果多一些阳光，这个世界就会少一些阴暗。

有时候，你的不幸福真的是你缺少爱造成的，而爱，你付出的越多，得到的也会越多，就是如此。

Chapter2
有些时光就像手心里的沙
——写给活在过去的你

人的大脑是神奇的，总是能装下很多过去的东西。可正是因为如此，我们常常会感到痛苦，因为那些过去深刻的回忆，大部分都是不好的。心理学家说，人的大脑更倾向于记住那些痛苦的事情，所以，大脑里装下了太多痛苦的回忆。我想这应该也是许多人不快乐的原因。可是，当你回头想想，有一个不争的事实就是：无论过去是美好还是痛苦，回不去的旧时光，终究只属于记忆。

Chapter2　有些时光就像手心里的沙
——写给活在过去的你

我喜欢了那个人五年

你现在的老公是你的初恋吗？

经常会有人问我这个问题，每当我听到的时候，嘴上会立即回答，是呀。可心里往往会停顿一拍，他的确是我的初恋，可还有一个人占据了我青春里大部分的时光，甚至比我现任的老公还要长，因为我喜欢了那个人五年，我们暂且叫他 MR.Z 吧。

那是一个爱情没有开始，也没有结局的年华。这段暗恋，横跨我的整个高中时代，我的高中时代有五年，第一年因为身体原因休学了，最后一年是高考复读。

我清楚地记得，第一次见到他，是高中一年级的时候，在学校高大的梧桐树下，我隐约觉得有人在看我，回过头便看到了他那双冰冷的眼睛，这是我们的第一次见面。有些东西，说是缘分，总觉得有些牵强，可我们确实再次遇到了。当时学校进行尖子生的重新分班，我们被分到了一个班，而且还是前后桌。写到这里，不禁会笑，那个时候的故事似乎总是发生在前后桌之间。

距离的拉近，也拉近了感情，我们从陌生开始熟悉起来，我也渐渐了解他冰冷目光的背后实际上是一个单亲家庭的悲哀。我们一起谈天说地，聊韩寒最新的小说，评价 NBA 的球员，还会一起听音乐，讲笑话。爱情总是会在不知不觉中发芽，发现我喜欢他，是听到别人说我们在谈恋爱的消息，嘴上想要反驳，心里却乐开了花。

我偏执地以为，他也是喜欢我的。MR.Z 是班里的纪律委员，他的眼神冰冷而犀利，自习课上，谁不老实，他绝对不会手下留情，一一记录下名字，呈交给班主任。我当时和他并不熟，而我却是班里最闹的，经常在自习课的时候聊天说笑，可我的好朋友却告诉我，MR.Z 呈交给班主任的纸条上把我周围所有同学的名字都写了，唯独没有我这个主角。而他在操场上给我加油，在计算机课上解救我的尴尬，都让我的偏执被无限放大。

而我的偏执，也让这段感情提前变成了单相思。

我的好朋友问我，都喜欢了那么久，如果不捅破这层窗户纸，真的不担心有遗憾吗？于是，我也不知道是哪里来的勇气，竟然真的约他了。那个时候，我们在学校住宿。晚自习的时候，我偷偷塞给他一张纸条，约他熄灯以后去学校的操场。当时，我一直很忐忑，他会来吗？

我一直没有睡好觉，直到熄灯，大家都睡了，我才穿好衣服，带上手电筒出门。当时，我的好朋友陪着我，我们绕了一圈发现没有人，顿时感觉心灰意冷。好朋友在我耳边说：“这下死心吧。"就在我点头的一刹那，我听到了操场角落里的声音，直觉告诉我，那个人就是他！

我让好朋友回去了，走了过去，我猜得没错，就是他。他穿戴整齐，还戴了一顶帽子，一块夜光手表。我给他的纸条实际上是一首藏头诗，当我把藏头诗的秘密告诉他的时候，他不禁笑了。没错，我表白了，可失望的是，他并没有接受我的表白。不过，他能赴约，能够来见我，让我的偏执再次放大。

可是，我不明白为什么，在那以后，我们似乎变得很陌生，他不理我，而我多次鼓起勇气和他说话，他也只是把眼神躲开。我知道班上有关于我们的各种传闻，不知道他是不是因为这些传闻的影响才冷落了我。

总之，在那之后，我们几乎没有说过话了。

当时的学校有这样的制度，尖子班实行流动制，学期末考试，没有达到尖子班考试成绩要求的学生就会被分配到普通班，而普通班里达到尖子班成绩要求的学生可以进入尖子班。造化弄人，高中第一年的我，像是失去牢笼的小鸟，只顾自由自在地飞，却忘了还要学习，我被分到了普通班，而他仍在尖子班。当时，我还在因为我的偏执埋怨他，他不够勇敢，不够坦白，明明就是喜欢，却踏不出那一步。

我到新的班级后和他有过几次交集，他冷漠的眼神让我无法接受，新环境也让我无法适应，后来，身体也出了问题，我便休学了一年。一年后，重新回到学校，我有了新的生活，慢慢进入状态，可我发现我还是喜欢他，那么固执地喜欢着他。可我们的生活再也没有交集了，我会在球场看他打球，偷偷记录下他进球的次数，也会时常拉着好友，走他会走的那条路，期待能够和他遇上。

人总是会慢慢长大的，我开始意识到自己的行为是多么的可笑，这样懵懂的感情，并非我以为的爱情。那一年，圣诞节的时候，我托人送给了他一个苹果，对于他来说，是平安快乐，对于我来说，是平静的句号。

　　后来，我再也没有见过MR.Z，只是在接下来的时光里，我也从来没有喜欢过别人。高中剩下的时光，以及上了大学以后，我不是没有人追求，也不是没有遇到优秀的男生，可我就喜欢不起来了，没有缘由。我经常会向别人提起MR.Z，有人说可惜，有人说我傻，还有人说我是心急没吃上热豆腐，无论别人说什么，我都会傻笑，然后回忆和MR.Z的故事。当时的我，一再标榜自己是一个单身主义者，其实，只不过是因为心底小小的伤，无法接纳新的人罢了。

　　我就这样揣着那五年时光，走了整整两年。在一次过生日的时候，我的室友们想送我生日礼物，不知道要送什么，她们戏谑道，我是一个缺爱的人，应该送我一个男朋友。当时，笑了笑就过去了，可我想真的应该谈恋爱了。阴差阳错，我认识了现在的老公，一场恋爱谈了四年，上个月结婚了。回老家，和几个好朋友一起去看望当年的班主任，班主任提到了MR.Z，说他上个月结婚了，我再一次想起了他。

　　回家和老公提起MR.Z，老公死活不相信像我这样的女孩子，竟然喜欢一个男生喜欢了五年！为了证明我说的是真的，我跑进自己的房间里，东翻西找，希望能找到一张照片，抑或是属于过去的某样和MR.Z相关的东西，可我把家里翻了一个底朝天，也没能找到任何和

Chapter2 有些时光就像手心里的沙
——写给活在过去的你

MR.Z 相关的东西,我坐在地上便笑了,笑自己当年痴傻,时光除了记忆,都没有留给我关于 MR.Z 的任何东西,我又何必耿耿于怀,抱着那五年时光不撒手呢?

其实,现在回想起来,我倒觉得以前的事情很有意思。如果让我回到从前,让我真的和 MR.Z 做情侣,我或许真的会拒绝,一段感情藏在心里,或许是一件挺美的事儿,可一旦曝光在阳光底下,就像是泡沫,终究会飘散,消失得无影无踪。

记忆,填满了时光,也缠绕到了很多人。我相信很多人像当初的我一样,抱着那五年的旧时光过了许久许久,可记忆终究只能是记忆,正所谓,旧的不去,新的不来。只有丢掉那些旧时光,你才能重新拥抱新生活。

一个人的心,空间总是有限的,装进了这个,就装不进那个。如果总是把过去那些回忆装进心里,又怎么能把新的生活和情感装进来呢?

最近又接到了同学结婚的好消息,我看见他在朋友圈里发的幸福照片,捂着嘴竟偷笑半天,这位同学,追了我五年。我们都是幸福的人,因为我们知道有些时光回不去了,就是回不去了。

那段美丽的暗恋时光

∷∷∷∷∷∷∷∷∷∷∷∷∷

几年前，你若问我，喜欢一个人是什么样子的？我会告诉你，喜欢一个人就是总在不经意间便会想到他，哪怕散步，哪怕旅行。

我之所以会有这样的定义，是因为曾经陪伴我的好友度过了一段美丽的暗恋时光。

潋潋是我的好友，一个天真可爱的女孩子，老实说，她有一点儿矮胖，相貌也不是很出众，但是，她唱歌很好听。潋潋是在大一的迎新晚会上喜欢小Y的，小Y的嗓音很独特，唱歌的样子很迷人，系里的人都说小Y的声音很像陈奕迅，而相貌却甩了陈奕迅几条街。就是一个晚会，让小Y成为了全系的红人，系里很多人都是他的粉丝，每次KTV都喊他，因为听他唱歌怎么听都听不腻。

有一次我过生日，大家一起去KTV里唱歌，便借这个机会约了小Y，本以为是给潋潋创造一些机会，可没想到潋潋紧张得连话都说不出来，而小Y始终安安静静地做一个美男子，只有大家邀请他唱歌的时候，他才会唱。事后，我们都说潋潋没出息，潋潋一脸天真地说：

"我不是没出息,我是太紧张了,听到他唱歌,我人都酥了。"

小 Y 当然知道很多人喜欢他唱歌,可他却唯独不知道,他有一个狂热的粉丝,每次都默默看着他,为他加油,为他呐喊,那个狂热的粉丝就是潋潋。潋潋就这样不能自拔地喜欢上了小 Y,她说,无论是在散步、读书、上课还是在逛街,她的脑子里都是他的样子,总是在不经意间,脑海中便浮现出他的脸。这一点在旅行中最为深刻。

大学里,每次和潋潋出去旅行,潋潋都会买各种各样的礼物,北戴河的海星、泰山的平安符、大明湖的奇异石头、孔子庙的纪念章……每次旅行归来,我都会怂恿潋潋,把礼物送给小 Y,可潋潋始终没有勇气。潋潋曾经想匿名寄给小 Y,可后来又怕被小 Y 发现,所以礼物迟迟没有送出去,便被潋潋锁进了抽屉里。

有一次我想要潋潋那块孔子庙的纪念章,潋潋几乎是脱口而出,没有一秒钟的反应时间,说:"那是小 Y 的。"说完之后,我看见潋潋微红的脸,如同清晨的玫瑰。我故意打趣:"那怎么在这里?"她红着脸说:"我替他保存不可以呀!"

潋潋的歌声也很动听,她最大的心愿就是可以在某一场晚会上,和小 Y 合唱一首歌。潋潋曾经是文艺部的干事,之前组织文艺晚会的时候,曾经找机会向小 Y 提出,下一次晚会他们合唱,小 Y 同意了。为此,潋潋经常拉着我们宿舍的姐妹,一起去 KTV 唱歌,然后练习所有的合唱曲目。她害怕哪天真的和小 Y 对唱,小 Y 选的歌,她不会唱,所以,她要做足所有的准备。

可是,或许是爱慕小 Y 的女生太多,也或许只是当初小 Y 的玩笑,小 Y 早就忘记了答应溦溦的事情。直到毕业晚会，溦溦的心愿也没能达成。

一场暗恋历经四年，说到底也有那么一点儿惨烈。溦溦的机会就在大四这一年悄悄到来，同学们要组织毕业旅行，溦溦第一个就报了名。因为时间有限，大家将目的地锁定在了北戴河，溦溦自告奋勇说自己去过，可以提供各种攻略。在我的印象中，大学四年，溦溦第一次这么勇敢。或许，溦溦比我还要明白，这可能是她最后的机会了。

晚上溦溦偷偷钻进我的被窝，和我说她的计划，她要找一个机会，把所有的礼物送给小 Y，还要在海边牵着小 Y 的手，告诉他："我喜欢你，四年了。"或许他们可以马上谈恋爱了。计划毕业旅行的溦溦，几乎整晚整晚地失眠，她每天早上顶着黑眼圈告诉我，她满脑子都是小 Y，好像他们下一秒就要谈恋爱了一样。

我满心期待溦溦的计划，只是始终不敢问溦溦，即便是小 Y 知道了，又能怎样？马上就要毕业，毕业之后，大家各奔东西，他们还有可能吗？

可是，溦溦怎么都没有想到，这个计划还没开始，就已结束。

因为就业压力逐年增大，同学们都还没有找到工作，想要毕业旅行的人太少，于是便取消了。

溦溦的梦，碎了。虽然，她很努力地去争取，可响应的人实在太少，关键是小 Y 早早就退出了毕业旅行的队伍。而我知道，溦溦做好的攻略几乎可以出版成一本书了。

溦溦嘴上说没事，可我分明听到晚上她抽泣的声音。

Chapter2　有些时光就像手心里的沙
――写给活在过去的你

照毕业照的时候，薇薇鼓起勇气和小Y拍了一张合影。然后大家各奔东西。在大城市工作屡屡碰壁之后，薇薇回了老家，找了一份工作，便开始了各种相亲。有一次，薇薇给我打电话，和我说："你知道吗？我们整个县城的未婚男子，我几乎都相了一遍了，还是没找到合适的，难道老天爷让我打一辈子女光棍？"我安慰了她许久，挂电话的那一刻，我听见她说："我还是忘不掉小Y。"

去年"五一"的时候，薇薇结婚了，相遍了全县城未婚男子的她，终于找到了一条"漏网之鱼"。她把照片给我发过来，两个人还真的很有夫妻相。参加薇薇婚礼的时候，她有些微醺，告诉我说，她把小Y的照片和那些礼物放进了一个箱子里，缠上了厚厚的胶带，直到有一天，她早上起床，不知道哪里来的精神，把那个箱子拆开，一股发霉的味道传来，里面长满了毛，当真恶心，她毫不犹豫地扔掉了。

薇薇说，她留下了和小Y的合影，因为那是她的青春。而那一箱子的礼物，是发了霉的青春附属品，不要也罢。

世上就是有那么多人，能够遇上，却没能够继续。

也许，这就是传说中的有缘无分吧。

如今的薇薇已经生下了小薇薇，在一个小县城里，小日子过得甜甜蜜蜜。偶尔提起小Y，薇薇还会说，等我闺女长大了，我还要给她讲讲她妈那段伟大的历史。

我曾经读过一本书，叫做《我喜欢你，你知道吗？》。很多人说，看了这本书会流眼泪，因为读到了自己内心的苦涩，青春里，谁没有喜欢过人，谁没有一段暗恋的岁月呢？而我，却读到了幸福，我觉得写这些故事的人现在都很幸福，因为在他们最好的年华，能够遇到一段美丽的暗恋时光，拥有一段怦然心动的记忆，那应该是最幸福的事情。

有时候喜欢真的不仅仅是一个动词，那是一种刻骨铭心，也是一种轰轰烈烈。喜欢他，就把他刻在了心里，好像他真的属于自己一样。

如果你现在问我，喜欢一个人是什么样子的，我会说，喜欢一个人，就是在低头一的瞬间，那一抹纯真的微笑。给回忆最好的回应，一个微笑足矣。

Chapter2　有些时光就像手心里的沙
————写给活在过去的你

有些事，就好像手里的沙

我在网上看到了这样一个问题：如果这个世界上真的有一种橡皮擦，可以擦掉你脑海中的某段记忆，你希望是哪一段呢？

看到这个问题的时候，我大脑里的小雷达开始启动，不断地搜索，哪一段记忆可以不要呢？可想了很久，也没能想到。到最后，竟然开始反问自己，为什么非要擦掉一段记忆呢？这段要擦除的记忆肯定是自己内心深处最痛苦的记忆，为什么最痛苦？难道不是因为它被深深地记在了心里，挥之不去吗？

这是我闺蜜给我讲的故事，她给我讲这个故事，已经是三四年前了，可我到现在仍然记得清清楚楚。故事的主角叫辉，大学的时候便谈了一个女朋友。

辉是个吊儿郎当的男生，看上去有点儿不正经，但是他对自己的女朋友却疼爱有加，恨不得让全世界都知道他爱她。

两个人是老乡，大学里有很多老乡会，从入学的时候开始，大家最先找的就是这些老乡会。辉和自己的女朋友就是在老乡会里认识的。两个人一聊才知道，他们竟然来自同一所高中，只可惜两个人对彼此一点儿印象都没有，这种特殊的缘分让他们总觉得对方很亲切。入学两个来月，两个人便牵手恋爱了。

辉的成绩不太好，但是人长得高大帅气，总喜欢穿一件白衬衫，而且打的一手好篮球，在学校里的一场篮球比赛让他，几乎成了学校里的万人迷。而他的女朋友却很一般，用全校女生的话来说：辉的眼睛是不是瞎了？可他的女朋友很爱学习，从不逃课，认真记笔记，上课积极提问，只是不知道是因为恋爱分散了太多精力，还是原本她就不聪明，她的学习成绩也总是不好。

四年，从大一到大四，他们整整好了四年。就在所有人都认为临近毕业，两个人会按部就班地工作、结婚的时候，他们就突然传来分手的消息。所有人都震惊了，他们可是在全校人的注视下走过四年的小情侣啊，当时辉在学校很有名，还被评为了校草，所以他们谈恋爱一直都很引人注意。

那是快要毕业的一个晚上，辉的女朋友在众目睽睽之下抱过来一个大箱子，那是四年来，辉送给她的所有礼物。所有人都抬头看着这两个人，辉拉着女朋友说："就这么绝情吗？"女朋友没有说话，把辉的手甩开了。然后，震惊的一幕发生了，辉拿起桌子上的钢笔，狠狠地刺向了自己的手背。

过去的恋爱，就好像是一个挥之不去的阴影，在辉的心里始终占有不可动摇的地位。毕业之后的几年，他总记得在自己最懵懂的年纪，有那么一个女孩子深深地伤害了自己，伤得很深很深。

后来，辉回了老家，在老家有了一份稳定的工作。那个女孩去了北京，一边工作，一边在考研究生。两个人从此再也没有交集了，据说辉曾经找过那个女孩，试图挽回这段感情，可女孩甚至没有让辉进门，辉在北京待了几天，便回来了，自此再也没有找过那女孩。

当年分手时，钢笔扎进肉里的伤已经好了，可是蓝色的钢笔墨水浸到了肉里，却再也没办法弄出来。辉的爱情，就好像那块蓝色的印记，永远地刻在了他的心里，每当他想起那段感情，就觉得心痛无比，因为那是他第一次用心去呵护一个女孩子，整整四年。

辉每一次谈恋爱的时候，都很想忘记自己的过去，忘记当年呵护过的女孩，可是每当他看向自己的手背，他就没有办法控制自己，就好像被下了诅咒一样。

后来的故事，我就不知道了。

想起辉，我给闺密发了微信，问她还记不记得辉。

她说："当然记得了，他结婚了，孩子上个月过的满月。"

"那他手背上还有那块钢笔水的印吗？"

"有啊，我上次去他们家，故意提起他的手背，他和我说，这件事他老婆也知道，他本想去医院做个手术，把那个印记去掉，可他老婆说：'一块胎记，何必耿耿于怀，不去管它就好了。'那个时候，他老婆还只是他的女朋友，也正是因为这句话，他才下定决心娶她的。"

一句"一块胎记，何必耿耿于怀，不去管它就好了"包含了太多的感情。

谁还没有点儿过去呢?

有些事就好像是握在手里的沙子,握得越紧,流失得越快,越是想要忘记,记忆反而越深刻了。

何必对过去的事情耿耿于怀呢?它终究是属于过去的东西,和现在,和未来,都无半点关系。

不是不爱，只是曾爱过

有时候我会想，为什么全世界都在恋爱，而有的人却嚷嚷着不相信爱情。

为什么会不相信爱情呢？没有爱情又怎么会有自己呢？这么简单的道理，可有许多人仍旧陷入"不相信爱情"的魔咒里，无法自拔。

其实，何止是爱情，这个世界的尔虞我诈，不都是因为不相信爱吗？因为不相信爱，才会有欺骗吧。后来，我才知道，他们不是不相信爱，而是曾经被爱伤过。一朝被蛇咬，十年怕井绳。

我们家养不了活物，尤其是养狗。这是很多亲戚、朋友给我们家下的定义。

的确是这个样子的，我很小的时候，家里养猪。别人家的猪都老老实实待在猪圈里能吃能睡，我们家的猪却擅长"越狱"。隔三岔五，爸妈就会叫上左邻右舍帮我们家抓猪，我们家的猪似乎特别喜欢这种追赶游戏，它一边嗷嗷叫着，一边左窜右跳，累了便回猪圈了，下次再玩。那个时候家里农活多，谁还有心思天天抓猪玩呢，后来，家里索性便不养了。

养的最多的活物就属狗了。从我记事开始，也不知道家里养过多少只狗，有养几天就死掉的，有养了小半年丢了的。大多数狗都养不到成年，丢的丢，死的死，好不容易养到成年的狗，还没怎么看家护院便咬伤了人，只好匆匆送人。那个时候，我大姨家也养狗，他们家养一只狗的时间，我们家已经养过三只狗了。

养过多少只狗，我们全家人都不记得了，只是大家都记得一只叫大黄的狗。大黄和小黑是一起来到我们家的，那个时候恰好是我们家养狗最频繁的时候，养一只死一只。我爸不甘心，跑了很远去亲戚家抱了两只过来，他说最起码两只能活一只吧。或许是因为经过了太多的相聚和别离，大家对大黄和小黑并没有抱什么希望，可偏偏它们都活了下来，且活得生龙活虎。

大黄是公狗，小黑是母狗。大黄很聪明，小黑很傻，大黄通体金黄，是村里唯一一只金黄色的狗，而小黑全身黑漆漆的，和普通的土狗没有区别。所以，无论从性格还是外貌来讲，我们全家人都喜欢大黄。

所有人都觉得大黄是通灵性的。它很有伦理，按理说和小黑一起长大，发情的时候必定会欺负小黑，可是它没有。小黑怀孕的时候，它甚至躲在玉米地里捉麻雀，大黄身手敏捷，几乎没有失败过，捉到麻雀之后，它便叼给小黑，给小黑补充营养。小黑生产之后，天生的母性让它变得暴躁不堪，甚至不会让大黄接近自己的崽，大黄便守在几米开外的地方，找来吃的也会给小黑送过来。

都说狗拿耗子多管闲事，可我家的大黄就是这么一个多管闲事的主儿。秋天收上来的玉米都是放在院子里，来年春天才会脱粒然后被卖掉。整个冬天是耗子最猖狂的时候，每年冬天，它们都会糟蹋很多玉米，而我家大黄最喜欢冬天，因为它可以肆无忌惮地捉耗子，一晚上不睡觉，捉上七八只耗子玩，白天却经常打瞌睡。

成年的大黄成为全村的王者，虽然它身子并不是最高大的，可没有狗敢欺负它。它喜欢游泳，喜欢在水里捉青蛙吃，也喜欢去田野里捉麻雀和野鸽子。去游泳，去田野里，总是有几只狗跟在它的屁股后面，似乎全村子的狗都知道跟着大黄肯定有好吃的。小黑也喜欢跟着大黄，只是大黄每次都把小黑赶回来，因为外面的狗会欺负它，所以大黄不允许它跟着。

只是大黄的一生好像是一位尿急作者写出的烂尾故事，绚烂开始，却草草结束。

两岁多的大黄正值盛年，按理说应当是最好的年纪了。那段时间，听说村子里总是有抓狗的人来回转悠，我大爹家的狗就被抓走了，而且被抓走的那天，还是大黄带它出去的，为此大爹家对我家好一阵埋怨。村子里陆陆续续丢了好几只狗，我妈便不再允许大黄出去玩。大黄每天晚上都要出去玩，被关在家里，我妈实在有些不忍心，吼了它一句"早点儿回来"，便放它出去了。第一天，大黄十点钟之前准时回家，一连几天都是如此，我妈便也放心地让它出门了。

那个时候，我在县城里上高中，每个月回家一次，到了冬天，下了公交车天都黑了。几乎每次回家，大黄都会在村口等着我，看见我，便和我一起回家。我问我妈:"大黄怎么会知道我回来?"我妈说:"大黄是畜生,怎么会知道你回来呢?它每天都差不多那个时间去村口转一圈,也不知道是不是等你。"我当然相信大黄是在等我,我也相信即便是畜生,也是有爱的。

我爸在外地打工,家里只有我妈和我弟。有一次,大黄一晚上都没有回来,把我妈吓坏了,可结果第二天早上它回来了,身上有一道长长的伤口。我妈和我弟心疼地给它上药,它也老老实实在家待了几天。可是,伤好之后,它便又开始外出。还有一次,它一连两天都没回来,最后还是奇迹般地回来了。

事不过三,第三次,它便再也没有回来。

我妈以为大黄还是会像以前那样,在外面玩疯了、玩腻了就会回来了,可谁知它真的没有回来。两天,三天,一星期,一个月,都没有回来。我放寒假回家得知大黄失踪的消息,也觉得很诧异,它那么聪明,怎么会丢呢?

我的心一沉,再也不会有谁,在村口等我回家了。

有一天早上,我还在被窝里,我妈火急火燎地喊我,我慌忙穿上衣服,跑出门就喊:"大黄回来啦?"我看到我妈脸上的笑容黯淡下来,她摇了摇头,没说话。

大黄没有回来,谁也不知道它是死了,还是被新主人圈养起来了,如果可以选择,我更愿意是有人看到了大黄,实在太喜欢它,便把它圈养起来。我不停地麻醉自己,大黄的结局就是如此,它有了新的主人、新的家庭,过着新的无忧无虑的生活。

大黄失踪以后，每次看到小黑，我都会想起大黄，大家都不愿意沉浸在失去大黄的痛苦里，便把小黑送走了。

这一回，差不多有十年了，我们家再也没有养过狗。

不是没有养狗的机会，而是真的不想养了。亲戚、朋友家的狗生了小狗没处安放，总会想到我们家，可不管是我妈还是我爸，都会一一拒绝。我妈总是念叨着："不养了，不养了，没了太难受了……"

我知道不是不想养狗，而是曾经养过一只令人心碎的狗，便再也不想让心再碎一次了。养狗如此，爱人又何尝不是如此呢？不是不爱了，而是曾爱过，不想让自己的心再碎一次罢了。

后来我在天津上大学，然后定居在天津，总觉得家里太冷清，便养了一只金毛犬。写到这里的时候，我妈给我发来了短信："你养的狗叫什么名字？"

我微微一笑，不觉湿了眼眶。

哪怕有无数次的"曾爱过"，也抵不过"正爱着"啊。

记住，爱过就不是朋友

朋友分手了，给我发来微信："我分手了。"

老实说，我最不会应对这种突如其来的分手，不知道如何安慰当事人。总是会说一些不痛不痒的话。写好的话又删掉，删了又写，写了又删……

我还没发出我的话，他的消息又来了："我特别舍不得她，都不知道明天看不见她，会有多不习惯。"

于是，我说："分手了还可以做朋友啊，又不是见不到了。"

他直接回复我："我那么爱她，要是看见她和别的男的在一起，不得拎着刀上去砍人！"

是啊，谁会大度到那种地步呢？分手以后做朋友，看着对方恋爱，给对方最好的祝福。如果真有这种人的话，不是没有真正爱过，就是装傻。

仔细想想，朋友说的没错，"分手还可以做朋友"真的是一句空话。真正相爱过的人，一旦分手，彼此都成为对方心里的伤口，谁愿

Chapter2　有些时光就像手心里的沙
——写给活在过去的你

意每天自己给自己伤口上撒盐呢？除非他是一个受虐狂。

我的闺密一米八，一米八是我给她取的名字，也是她的真实身高。正因为身材高挑，才找不到合适的对象，她的择偶标准第一条便是身高，从一米八五降到一米八三，从一米八三降到一米八，再降到一米七八，择偶仍旧困难。有一次，经人介绍，找到一个运动员，一米八五的个头，两个人第一次见面，感觉还不错，后来便开始恋爱了。

我总是严重怀疑，一米八从小到大的营养都用来长身体了，以至于脑子不够用。她属于那种情商低到无限大的女孩子，二十好几的人了，谈恋爱还像是十五六岁的少女一样，一谈恋爱就陷进去，一陷进去就出不来。一米八不可自拔地爱上了运动员，两个人也越来越投机，就这样恋爱了。

一米八每天和我分享她与运动员的恋爱，第一次拍合影，第一次牵手，第一次接吻……还总是听她说，运动员喜欢秀恩爱，总是在朋友圈里分享他们的恩爱瞬间，一米八说到这些的时候，总是洋溢着幸福的笑容。我和运动员见过几次，也一起吃过饭，运动员人还算老实。我心想，这回有谱，总算要把她嫁出去了。

可谁能知道，没过几天，一米八告诉我，他们分手了。一米八嘴上不说，可我太了解她了，必定是暗地里哭得稀里哗啦。一米八告诉我说，分手是运动员提出来的，原因是运动员觉得留在天津的话不容易。于是，两个人说好了，分手以后还可以做朋友。

分手第二天，一米八还是习惯性地嘘寒问暖，吃饭了没有啊？在忙些什么啊？多喝水，不要上火了……运动员在忍受了几天之后，说：

"你别这样,我们已经分手了。"一米八天真地回复:"是啊,我只是出于朋友的立场关心你一下而已,我对我的朋友都是这样啊。"

一米八还是照常关心"朋友",直到运动员的一条朋友圈状态出现,那条状态是这样写的:"我的心就这么大,都给了你。"然后贴出了另外一个女孩子的照片。一米八拿着手机,指着这条状态大骂:"这才和我分手几天啊!说不定早就跟人家好上了!亏我当初那么喜欢他,想不到是个人渣!"

分手之后还扬言说做好朋友的人,不是敷衍了事不走心的人渣,就是还对前任抱有幻想的傻瓜。这在恋爱界绝对是个真理。

运动员说分手后做朋友,根本是在敷衍了事,想要早早摆脱一米八,无论两个女孩谁是备胎,运动员只是做出了一个选择而已;而一米八就是那个对前任还抱有幻想的傻瓜。我想她大概在想:"说不定离开我,他会知道我的好,然后和我重归于好的。"

两个相爱的人啊,要么走到永远,要么再也不见。

我的大学室友在谈一段异地恋的时候,我听见她在电话里对自己的男朋友说:"我们要么好一辈子,要么再也不见面了。"

我当时还在笑她,至于吗?有那么严重吗?她义正词严地告诉我:"有!"

后来,我恋爱了。有一次和男朋友吵架,吵到要分手的地步,他问我以后还可以见面吗,我的脑海中忽然浮现出分手以后的情景。

如果还做朋友,那么无论他是痛苦还是幸福,我都不会好到哪里去的。他痛苦,我看着他,我会更痛苦;而他幸福,可给他幸福的那个人不是我，我会更加难过。所以，我很坚定地告诉他："分手以后再也不见了，我受不了。"

虽然最后我们分手也没有分成，可这件事却告诉我，分手以后，连见一面都不能见，还怎么做朋友呢？

在我曾经的校园里，曾经流传着这样一个凄美的故事。不过，在我眼里，这个凄美的女主角，还真的有一点儿傻。

有两个人曾经很相爱，后来，不知道什么原因分手了。男主角很喜欢打网球，他每天晚上都会在固定的场地打网球，以前都是女主角陪着他，给他递水拿毛巾，分手后，他就一个人去。

女主角深深爱着男主角，她知道每天男主角都会去打网球，便每天买一瓶运动饮料提前放在那个场地的角落里，那个角落是女主角陪男主角打球时坐的地方，那瓶运动饮料也是男主角唯一认定的牌子。女主角以朋友的名义，日复一日地把运动饮料放在网球场。有人劝她，不要那么傻，可她总是笑笑说："朋友之间，一瓶水而已，这没有什么吧。"

全学校的人都知道女主角的心思，包括男主角。其实，男主角知道女主角送水之后，便更换了场地，他不希望女主角活在自己的阴影里。可女主角不知道，仍旧每日送运动饮料，每当女主角看到运动饮料的空瓶子扔在那里的时候，就会暗喜，他喝了，是不是代表什么呢？其实，那只不过是打网球的其他人喝掉了而已。

所有人都期待女主角的痴情能够感动男主角，可生活并不是电视剧，男主角爱上了别人，女主角仍旧傻傻地送水。女主角资质不差，不乏男生追求，可她全都没有放在心上。

她并不是没有重新开始生活的机会，只是她不愿意走出过去的阴影罢了。

其实，我们都一样。虽然不能从婴儿时代重新走一遍人生，可想要新的开始，有的是机会，有些人始终没能重新开始，不是没有机会，而是活在过去的阴影里，走不出来。

记住，爱过就不是朋友，走了就不要回头。

一米八又去相亲了，她说了，一个运动员倒下了，还有千千万万个运动员站起来！

嗯，加油，一米八！

记性好，并不一定是好事

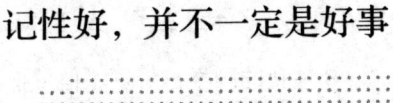

"你记性真好。"

每当被别人这样夸奖的时候，许多人都会美滋滋地笑，包括我之前也是如此。总觉得记性这东西，和大脑、智商等多少有点儿挂钩，被人夸记性好，自然会觉得挺美。

可是，最近，我越发觉得这不一定是夸奖的话。

和同学 A 聊天，提起了另外一个同学 B，当 B 的名字刚一出现，同学 A 便发给我满屏的牢骚，透过电脑屏幕，我甚至可以看到她正在抱怨的那张脸。

她说："你可不要和他来往，这个人做事不地道。"

我问她发生了什么事，她没有正面回答，只是回复我一些这位同学"缺德、缺心眼儿"之类的话，我能想到她应该用了她知道的所有的坏话来形容 B。可我仍旧不知道 B 到底做了什么事情让 A 用尽所有坏话来形容他。

在我的印象中，同学 A 和同学 B 好像并没有什么交集，他们也就是普通同学的关系，要说有的话，应该也是过去的一些小摩擦，可是大家离开高中都五六年了，谁还会记得当年的小摩擦呢？所以，我猜应该是发生过什么大事。

后来，我遇到了同学B，便追问B："你到底做了什么对不起A的事情，这么多年过去了，A还那么恨你？"

B被我的同学搞晕了，他反而问我："我做了什么事啊？毕业之后根本没联系过啊。"

我让B好好想想，可想了半天，B给我的答案仍旧是不知道，他还说："你帮我问下吧，如果真是伤害了人家，我给人家道歉。"

我当时觉得很奇怪，能够让一个人记恨另一个人好多年，那肯定是惊天地的大事啊。我转过头来问A，在我的追问下，A总算是告诉了我，她说高中的时候，B曾经传言她和男同学谈恋爱，制造了一起绯闻。

我当时恨不得一口血吐在屏幕上，这也叫事吗？这可是当年高中时大家最爱玩的游戏，那个谁喜欢那个谁，那个谁和那个谁谈恋爱，那个时候大家就是喜欢开这种玩笑，谁和谁走得近一点儿，都会有绯闻传出来的。

我说："这点小事，你竟然记了这么久？"

A发来一个白眼的表情："难道不可以吗？他毁坏了我的名声！"

我说："都过去了。"然后再也没说话。

我上大学的时候，也有过类似的事发生。那是一个暑假，每次暑假放假，我总是会约上几个好朋友，大家出来小聚一下。

高中我们有一个三人帮，我们三人帮每逢假期都要聚会的。在一家冷饮店喝着冷饮，好友忽然转过头来问我："你当初得罪 C 的事，现在把我连累了。"

我的大脑在飞速运转，第一，C 是谁，第二，我什么事得罪了 C。想了好半天才想起 C 这个人，我得罪他？我还真是想不起什么事情把他给得罪了。

然后，好友帮我回忆起高中时候的一幕幕，我真是惊叹于我竟然也有记忆力超群的好友，在她的帮助下，我总算是回忆起一些零碎的片段。

又回到刚才的问题，好友问："你说你当年得罪了人家，人家现在把气都撒到我头上了。"

我这才知道，原来我的好友和 C 在同一所学校，只是不在同一个校区，是最近搬了校区才联系上的。一个学校走出去的同学，又一起到了另一所学校里，按理说应该是挺开心的事情，可 C 把我的好友当成了空气，只因为那段不知道怎么得罪了他的片段。

其实，我和 C 并没有什么交集，依稀记得有一段时间，大家是前后桌，偶尔问问题什么的，至于怎么会把人家得罪到的，我还真就是想不起来了。

我们三人帮的另一位说："C 啊，我都不记得长什么样了。"

我开始打听 C 过得好不好，好友说，C 过得并不好，他在学校里独来独往，好像和很多人都不合群，据说他刚一开始的舍友，联盟起来把他赶出宿舍，说他这个人人品不好，很多习惯让舍友忍受不了，他只好换了宿舍，和大四的人住在一起，因为大四的人多半不在学校住，大多数时候，宿舍只有他一个人。

再来说A吧，其实，A过得也不好，她真的是一个负能量爆棚的人。每次和她聊天说话，她总是会透过电脑屏幕给我满满的负能量，想分手啊，想辞职啊，赚钱太少啊，老板不好，同事不好，房东不好……好像生活从来没有让她满意的地方。我不想让自己成为一个负能量垃圾桶，也就渐渐减少了和A聊天的次数。

记性好，真的不是一件好事。

这么多年，把每一件小事都记得，就好像把每一个小小的垃圾搁在了心里一样，每天都在自己的心里放垃圾，时间久了，心里就如同一个垃圾场，满满的都是负能量。

如果你说，一个事件里，总会有伤害者和被伤害者，被伤害者当然会记得清楚。那好，我再给你讲一个故事。

上高中的时候，我和我的后桌关系很好，他是一个小男生，很调皮，也很单纯。那个时候，刚刚摆脱中考，上了高中感觉终于可以轻松了。我和他都是这种感觉，所以，刚开学那会儿，我们只知道玩。

第一次月考，我们考得都很差劲。其实，这也没什么，当时只是觉得下次好好考就行了。谁知道这对于我们而言，都是一场噩梦。我妈的同学恰好是我们学校的老师，她一直紧盯着我，看到我的成绩就开始调查我，然后以她教师的敏感，说我和小男生早恋。

我妈的同学便联合我们的班主任开始了一系列行动，他们先是把

Chapter2　有些时光就像手心里的沙
———写给活在过去的你

我们的位置调换，然后，又分别给我们做思想工作。毕竟我妈的同学和我们班主任是同事关系，会多照顾我一些，而对于小男生，他们绝不心慈手软。我看见他被叫去办公室好多次，后来我们碰面，他甚至都不敢抬头看我。

在之后的日子里，我和小男生再也没有了交集，后来，重新分班，我们甚至都没有见过面，偶尔在学校里碰到，他也假装不认识我。

从朋友那里知道，我妈那位同学和班主任狠狠地批评了小男生，甚至还找来了小男生的家长。这次事件对他的影响很大，他无心学习，一度成为班级的后几名。再后来的事情，我就不知道了。

上了大学，我被同学拉进了班级群里，在群里找到了他的联系方式，这才再一次联系上他。我鼓足了勇气，在 QQ 上向他道歉。

他第一时间给我发过来一个问号，我报上我的名字。

他才说："哦，是你呀。"

我说："当年的事实在抱歉。"

他发过来一个微笑的表情："你还记得呀，我都忘了，这些年你过得好吗？"

作为一个伤害者，我一直记得这件事，一直想要找到他，向他道歉，而他这个被伤害者却早已忘记了。

我们聊了很多，包括当年的事情，他说觉得那个时候太傻了，要是可以早点儿忘怀之前的事情，说不定现在会过得更好。

他后来考上了一所专科院校，毕业的时候有对口的公司来招聘，他便直接工作了。现在，他已经结婚了，而且有一个可爱的女儿，现在的生活很幸福。

我翻看了他的空间，看到了他们一家三口的合影，还真是幸福的一家子。

突然的一天，他给我发消息说："以前的事情不要总记得那么多，好的记住，坏的就丢了吧，记得那么多有什么意义呢？"

是啊，记得那么多有什么意义呢？他这个被伤害者都已经忘怀，我又何必庸人自扰，耿耿于怀呢？

所以，我会说，记性太好，真的不见得是一件好事。我们每个人的心里都会住着一个恶魔和一个天使，正能量多的时候，天使才会出现，而负能量爆棚只能让恶魔出来作恶，恶魔又会引来更多的负能量，如此周而复始，不断循环。

何必呢？

终究只是庸人自扰而已。忘掉那些不快乐的事情，收藏一些快乐的事情，可能离我们想要的幸福就更近了吧。

回不去了，就是回不去了

我的黑王子死了。

黑王子是我养的多肉植物。小师妹自称花房姑娘，经常在朋友圈里晒她的多肉植物，我看了心痒痒的，便从她那里入手了一小盆，黑王子是我一眼就看中的。它被种在小小的白瓷茶缸里，小巧玲珑，富有文艺气息。小师妹说，那个白瓷茶缸并不是花盆，而是她自己很喜欢的茶缸，在下面抠了一个洞，用来搭配黑王子再合适不过。

我接手的时候正是夏天，是多肉植物休眠的时间，一般不会长，黑王子一直半死不活，我总担心它会死掉。秋天到来的时候，黑王子忽然告别休眠期，突飞猛长起来，让我颇感意外。

黑王子的叶子呈现出一朵花的模样，红里透黑的叶子，搭配上那个白瓷茶缸，真是好看得不得了。我一直想给黑王子拍几张照片，展示一下我的劳动成果，可想起来的时候，总觉得光线不好，光线好的时候，我又多半在忙，想不起这回事。

直到有一天我给黑王子浇水的时候，发现它掉了一片叶子。这种类型的多肉植物就是这样，花的形状，哪怕掉一片叶子都会很难看。我开始想好好照料一下它，等它好起来一定要拍照。我并不是一个会养花的人，连仙人球都能被我养死，而黑王子养得这么好，已经是我的心头最爱。可是，黑王子并没有因为我的悉心照料好起来，反而叶子一片接着一片地掉。

我赶快咨询我的小师妹，她说应该是黑王子长得太大，把整个白瓷茶缸的盆口遮盖起来，接触不到阳光，积累了太多的水。小师妹让我赶快换一个大一些的花盆，我赶快照做，可仍旧没阻止黑王子死去，它掉光了所有的叶子，枝干也烂掉了。

心疼，难过，更多的是后悔，我为什么没有在它最漂亮的时候，给它拍一张照片呢？这样最起码可以留住它最漂亮的样子。

我想如果时光可以倒流，我一定会给黑王子拍几张最漂亮的照片，然后细心点儿照顾它，或许之后的事情就不会发生了。

可是，时光怎么会给我们再一次重来的机会呢？当初的时光，回不去了，就是回不去了。

我是在 2014 年的 4 月份忽然发现自己的脖子肿了一大圈的，当时，自己摸着中间还有一个肿大的疙瘩，吓坏了左先生，也吓坏了我的同事们。一开始以为是肿瘤，去肿瘤医院几次都挂不上号，我立即买了回家的车票，去老家市里的大医院看病，因为有认识的医生，所以看病会方便一些。

验了血，做了颈部 B 超，慢慢等待检查结果的到来，我看着验血的结果，感觉不太妙，因为有一项指标已经超出正常范围十倍还

Chapter2　有些时光就像手心里的沙
——写给活在过去的你

要多。医生看着我的检查结果不断吸冷气，问我："姑娘，没觉得身体不舒服吗？"

那段时间我是有感觉的，一直厌食，而且频繁感冒，总觉得可能是因为身体太弱了。可没想到却是和甲状腺有关。医生的检查结果是甲状腺机能减退伴随桥本氏病，还开了一大堆的药给我。

看完病，我就回了天津。我追问了医生导致这种病的原因，医生说目前并没有确切的发病原因，只是告诉我，得这个病的人都会有情绪不稳定、爱生气，工作压力太大等情况，而且这个病的潜伏期很长，到有明显的症状出现，可能已经有一两年或是两三年了。医生说这个病可以治好，只是需要很长的时间。

得知原因的我，几近崩溃。在所有人的眼里，我一直是一个努力上进的好姑娘，我自己也是这样认为的。我自己靠兼职打工和稿费偿还了自己在大学期间的贷款，也承担了自己的大部分生活费。大学四年一直很拼，本以为毕业找到工作之后，可以放松一些，可命运却和我开了玩笑。

我找工作还算顺利，进入了之前一直做兼职的一家公司，顶头上司是我的一位学姐。之前做兼职的时候，感觉这家公司还可以，可正式成为全职员工，我才发现一切和我想的都不一样。学姐说这里是一个"把女人当男人用，把男人当牲口用"的公司。这句话一点儿都不假。工作很忙，且压力很大，每天要面对形形色色的人，各种刁蛮难缠的人。所以，实习期过后，我就打算辞职了。

可是，当时的左先生也刚刚入职了一家新的公司，初来乍到，薪水也不高。我们的新房子也马上就要交房装修，一边偿还贷款，一边租房子，压力可想而知。我如果辞职，面临的将会是再一次实习三个月，这三个月没办法写稿子赚稿费，而且只能拿到很低廉的实习工资。当时实习期正好是公司的旺季，非常忙，转正之后正好是进入淡季，会比较轻松一些，工资也会高出一截。

　　仔细思虑之下，我选择了坚持。我一边写稿子赚稿费，一边努力工作希望可以升职拿到更高的薪水。我的确不适合这份工作，我原本就是个急脾气，遇到难缠的人，更是把自己气得够呛，常常一个人偷偷抹眼泪、生闷气。可我一遍又一遍地告诉自己，我必须要坚持下去，因为房子装修需要一大笔钱，更何况还有每个月的房租和贷款。

　　就在生病之前，我们刚刚拿到新房的钥匙，我和左先生也刚刚预定了婚纱照。这个病来得太突然了，它就像一颗炸弹，一瞬间把我所有的梦想炸得粉碎。

　　我哭了好久好久，总觉得命运对我不公平，我那么努力上进，为什么还要这样对我？我不是个好姑娘吗？如果不是，我相信这是命运的惩罚，我认了。可我是啊，从大学开始，我没让家里操一点儿心，一直自力更生不求人，我努力奋斗，从不奢侈，这到底是为什么？

　　如果我现在四五十岁，每天吃药没有问题，因为我不需要为了生计四处奔走，我大可以安安心心在家养病。如果我三十几岁，生活安稳，我可以把工作上的事情暂时放一放，把病养好再说。可我现在才二十几岁啊，往最好的方向去想，一年，一年的时间我每天要吃药要养病，没办法在职场打拼。毕业的头三年是一个人职场生涯最关键的

Chapter2　有些时光就像手心里的沙
────写给活在过去的你

一段时间，错过了可能就耽误一辈子啊。在一个最需要打拼，最需要卖力气的年纪，让我养病，我不敢想下去。

那段时间我感觉糟糕透了，经常会哭，左先生回家看到我，时常都是眼睛肿肿的。人如果钻了牛角尖，真的不好走出来，我一度悲观绝望，把自己关在家里，不敢出门，不敢见人。

我每天晚上睡觉之前都在想，希望一觉醒来，让我回到之前，回到刚刚上大学的那会儿，我不会这么努力，这么拼命了，即便是回不到大学，也可以让我回到刚刚选择工作的时候，最差劲也让我选择实习期的时候吧，我肯定会毅然决然地辞职，绝不后悔。可是，时光怎么会倒流呢？

我用了那么长时间积极向上，老天爷却用了一瞬间便让我陨落，老天和我开了一个玩笑，让我想哭。

我用很久很久积极向上，老天用一瞬间让我陨落，然后，我又需要很久很久，让自己重新活过来。

到第三次复查的时候，脖子上的肿块已经消失得差不多了，状况也好了许多。复查回来，我走进房间里，发现这些天我竟然在一个猪窝里生活，家里乱得不成样子了。我这才意识到，糟糕的并不是我生病了，而是时间在一分一秒地流走，我却一直停留在过去不肯醒过来。

辞职之后，我在家里一边养病，一边全职写稿。我开始庆幸老天让我生了这次病，因为如果不生病，我还是会继续拼命，到时候就不知道会得什么病了。我开始珍惜身边的一切，也不再在乎过去回不去的时光,因为回不去,就是回不去了。

  春天到来,我发现种黑王子的白瓷茶缸里多了几个嫩芽,当时小师妹告诉我,多肉植物可以依靠扦插孕育新生命。黑王子死的时候,还有几片叶子,我把它们扔进了白瓷茶缸里,没想到它们竟然都发芽了。

  这个世界,旧时光是回不去的,而美好的时光还在路上。我相信你已经知道如何选择了。

Chapter3

加油吧,单身小姐
——写给还在单身的你

有人觉得单身是贵族，有人觉得单身是耻辱。有人庆幸自己单身，有人却苦恼自己为什么还没有摆脱单身。单身只不过是一个状态而已，两个人未必甜蜜，一个人未必孤单。只要你不是一个缺乏爱的能力的人，你的单身生活同样可以丰富多彩，所以，加油吧，单身小姐！

Chapter3 加油吧，单身小姐
——写给还在单身的你

这世界的孤单，与你何干

  我养狗的决定做得有些仓促，当初只是觉得一个人在家里太过于冷清，我胆子比较小，做什么事情都是轻手轻脚的，以至于我搬家都两个月了，邻居还以为我们家没人住。在写稿子的QQ群里谈起狗，一位好友也经常提起她家的狗希希，再加上朋友圈里有人发了一组超级可爱的狗狗图片。我便和左先生商量养一只狗，他起初是不同意的，说家里太小不适合养大狗，养小狗的话又觉得没意思。可谁知没过几天，他便回来告诉我说，狗的事情搞定了，过几天接回来。

  从想养到金宝到家不过几天的时间而已。我原本给它起的名字叫"招财进宝"，但很多人都说："你可是文艺女青年，怎么能起这么俗气的名字呢？"可我偏要任性一次，就是给它取了这个名字，它是一只金毛犬，"金宝"同"进宝"和"津宝"。俗气中带着点儿内涵，名字就定下了。

  可是，养狗绝非想象得那么简单，小狗不懂得外出大小便，我得屁颠儿屁颠儿跟在它后面擦屎擦尿，不能喂太多，也不能喂太少，还要时时刻刻注意它的水盆是不是缺水了，因为它很小不知道什么东西能吃，什么东西不能吃，又要磨牙，所以会乱咬东西，要格外注意它咬坏家里的东西以及吃错什么东西……

这些都不算什么，更重要的是，它很孤独，也很没有安全感，需要主人更多的陪伴。

金宝来的第一天，我和左先生几乎一晚上都没睡着，它一直在哼哼地叫声，且不断要向床上扑，当时我们还以为它生病了，第二个晚上稍好一些，第三个晚上才算平静下来。后来，一位养狗的朋友告诉我，小狗缺乏安全感，脱离了狗妈妈的保护，它是睡不着的。

刚来的前几天，为了让它尽快熟悉家里，我几乎时时刻刻都和它在一起，跟在它屁股后面擦屎擦尿，然后抱着它晒太阳，陪它玩。也因为这几天，我耽误了不少稿子，等它熟悉了家里的一切，我便开始从前的生活，每天按时起床，按时写稿子，只不过多了一样按时喂狗和打扫卫生。

小狗贪睡，白天至少有五六个小时在睡觉，有时候甚至一睡就是一下午。金宝很黏人，总喜欢在我的脚底下睡觉，我的脚如果是分开的，它就会把小脑袋塞进两脚中间睡；我的脚如果是并在一起的，它便把肚子贴在我的脚面上睡；我的脚如果分开比较远，它就找好一只脚做枕头睡。后来，它发现自己最喜欢的睡姿是塞进两脚中间睡，如果我的脚是以其他方式放的，它便咬我的脚趾头，逼着我改变姿势。

金宝一天天长大，它睡觉的时间也少了，它在我脚底下的时候不仅仅睡觉，还会捣乱，爬上书架乱啃书，或者在我的脚底下自导自演一出好戏,抑或是盯着书房里那只蓝色的海豚玩具时不时摆弄几下。写稿子需要安静,我有时便把门关上,不允许它进来。第一次发现它的孤单是在写稿子的间隙去打水的时候,我发现它静静地趴在地板上。本以为它在睡觉,却没想到它睁着眼睛一个劲儿地眨巴着,看见我过来,立即起身迎接,我打完水走进书房,把它关在了门外,我能听到它在门外哼了两声,等了一会儿,便迈着失落的步子离开了。

它很孤独,孤独到连睡觉都无法打发时间。只要我一出现,无论它是在做什么,它都会摇着尾巴奔跑过来,哪怕我只陪它玩十分钟,它也会尽全力去玩。为了留住我的陪伴,它甚至学会了一门独门绝技,那就是抱腿,两只小爪子向前一弯,便把我的腿牢牢地抱住。我去书房的时候抱,我要出门的时候抱,我做家务的时候抱,只要它想抱,它就一定要抱住。

本想养一只狗来填满自己的孤独,却没想到让一只狗变成了孤独的狗。

我觉得自己很残忍,可我的确拿不出那么多时间来陪它,后来索性把书房的门打开了,它愿意进来疯就让它疯。可就在我打开门允许它进来之后,它却很少走进来了。

每次看到我坐下来打开电脑,它便转身离开,这是我怎么都没有想到的事情。

后来我发现金宝比我想的要坚强得多,它的坚强让我觉得汗颜。

一个小瓶盖,一根绳子,一个药瓶,都成了它的玩具,百咬不腻,它甚至可以用两只爪子互相推瓶盖玩,经常自己自导自演一场好戏。

发现它喜欢玩这些小东西，我便在网上给它买了一些玩具，它更喜欢了，我若是拿走它的玩具，它甚至会冲着我吼。

它玩玩具，我写稿子，我们开始各自的生活。我只要在书房里写稿子，它绝对不会打搅我，只有到时间了，该吃饭了，它才会跑到书房里，把前腿窜到我的大腿上，来舔我的手抑或是叼我的衣服。

养狗之后最让我头疼的事情就是外出，本来每天写稿子，一写就是几个小时，金宝已经很孤单了，如果外出的话，那可就是一整天。一整天啊，它该如何度过这漫长的一整天呢？可我外出是必须的。第一次外出回来，除了发现地上有几摊干了的狗尿以及一坨狗屁屁之外，我没发现什么异常的事情。我一直觉得它会想办法咬一些东西来玩，比如沙发上的抱枕，比如电视柜下面还放着我的一瓶面膜，可是，这些东西都完好无损，这让我越来越好奇它独自在家的时候做了些什么。

按八个小时来算，除去睡觉的三个小时，有五个小时的时间，一只狗，没有手机，没有电脑，它会做些什么呢？直到有一天我在家里打扫卫生，发现茶几下面有几个小瓶盖还有一根鞋带！有一天晚上我把一个小瓶盖给了它，它不由自主趴在茶几下，把小瓶盖推进去，然后再设法用爪子刨出来。原来这就是它自己在家的时候常常玩的游戏。

后来，我便放心了，实在没时间陪它的时候，也知道孤单是困不住它的。

只是孤单困不住一只狗，却困住了无数的人。一只狗，被困在一个房子里，没有人，也出不去，却把孤单置于千里之外，而我们人呢？

手机、电脑,万事俱备,可以足不出户掌控所有,却一直在喊着:我好孤单。

这个世界那么孤单,孤单到纵使狂欢,也会遍尝孤独的滋味。只是,这世界的孤单,又与你何干呢?你玩你的,闹你的,写你的,做你的,睡你的,学你的,吃你的,喝你的,不就好了?

我相信,纵使是再孤单的世界,你也能找到属于自己的天地,就像我的金宝,一个小瓶盖便可以抚慰它寂寞的心灵,你又何尝不能?与其声嘶力竭地喊着孤单,不如找点儿事儿做吧。

有谁了解，狂欢里的孤单

记得《快乐大本营》有一期请来了赵薇做节目，快乐家族的每一位都是自拍高手，而赵薇也经常晒自拍，所以，那一期节目导演组特别设计了一个环节，用自拍来表达一句话。其中有一句话叫做：狂欢里的孤单。

我已经忘记他们是如何用自拍表达这句话的，只是那期节目之后，让我记住了"狂欢里的孤单"。说起这句话的时候，我估计很多人想到的都是 KTV 的包房里，一群人都在狂欢，而只有一个人躲在角落里黯然神伤。

每一群人中似乎都有这样一个角色存在，显得与集体格格不入。其实，他们不是故作姿态，也不是装出的高冷范儿，他们是真的没办法融入集体，他们是真的孤单。这种感觉像极了"全世界都在恋爱，只有我还在单身"。

还记得刚刚步入大学的时候，我们宿舍的几个姑娘都没有谈恋爱，大二的时候大家陆续摆脱了单身，唯独老大还是一个人单着。每当我们吃饭或者晚上卧谈会的时候，总少不了提及自己的男朋友，老大总是会说："你们可以考虑一下我这个单身的人的感受吗？"

微博上也发起过一些热门话题，比如"单身狗保护协会"、"虐死单身狗"、"关爱单身狗"等话题，引来很多人的关注和参与。只是，我很想问，明知道这是一场狂欢里的孤单，却为什么要把孤单进行到底呢？难道你的孤单不是自己造成的吗？

我的表妹元元从小都以丑著称，小时候，她长得很黑，五官也没有长开，大人们总说她丑。女大十八变，长开了的元元好太多，可仍旧无法摆脱大人们拿她的黑丑当笑料。元元并不属于那种让人看几眼就被人喜欢上的女孩子。在大学校园里的她始终没有谈恋爱，她也曾笑称自己长得比较安全。

宿舍里的姐妹们都相继恋爱了，元元说自己不想恋爱，那是假的。元元看着别人谈恋爱都一个个那么甜蜜，涉世未深的小姑娘怎么会不羡慕呢？只是接下来发生的事情，让我们每个人对她感到欣慰的同时，又为她捏了一把汗。

元元的男朋友是一个兵哥哥，两个人是在网上认识的。聊了一年多之后，开始确定恋人关系。我一直非常反对网恋，我想如果元元早一点儿把这件事告诉我，我肯定会用全力阻止她，可是她告诉我的时候，两个人恋爱已经一年了。

元元说他们第一次见面，是元元坐了好久的火车去了辽宁，从秦皇岛到辽宁，还真的不是一段短距离。她在火车上的时候不断幻想对方的样子，虽然见过照片，也聊过许久，可毕竟面对面是第一次。元元说，她想过逃跑，想到下了火车立即坐上回程的火车，就当这一切从来没有发生过。可她太想拥有自己的幸福了，她不想做宿舍里唯一孤单的那一个。

就这样，她不断纠结，不断又给自己加油打气，来到了辽宁的部队里。部队里的规定都是非常严格的，她的男朋友好说歹说，只请假四个小时，两个人第一次见面，却感觉像是相识多年的朋友，一见如故，聊了很久，四个小时很快就过去了。一直到元元离开，她男朋友也没能再请假出来。

我问元元："怎么就有那种勇气去见面呢？不知道网友见面是很危险的事情吗？"她说："不会啊，我们已经聊了一年多了。"我佩服元元的勇气，追求幸福的能力，是我们很多人都比不上的。我并不是支持大家都去网恋和见网友，只是说元元这种敢于追求幸福的能力。

元元把男朋友带回家了，我见过那个男孩，一米八几的身高，为人老实，军人挺拔的身姿为他的帅气加了不少分。家里人都非常喜欢他，只是男孩子的老家是浙江的，这是家里人唯一不满意的地方。好多人轮番劝元元，告诉她，女孩子不能嫁那么远，可元元不听，她认定了就是认定了。

因为是异地恋，加上部队上的规定很严，每年只有固定的休假，元元和男朋友见面的机会很少，他们办理了手机情侣号，可以无限畅聊。可部队上哪会给人那么多打电话的时间呢，他们的恋爱着实辛苦。我一度不看好这丫头的恋爱，毕竟异地恋成功的都没有几个，更何况她这个比异地恋还要惨。可没想到这丫头竟然坚持下来了。

她说,从她第一次买上去辽宁的火车票开始,她就已经下定决心,幸福来临的时候,一定要狠狠地抓住,绝不松手。

前些日子看着元元的QQ头像亮着,便和她说话。我问她在忙些什么,她说部队上申请结婚非常严格,她正在忙着开各种证明,做各种检查,估计最快半年的工夫才能申请下来。

"这哪是申请结婚,这根本就是西天取经。"

"当年我坐上去辽宁的火车,就注定这已经收入囊中了,不怕不怕。"元元给我发来一个笑脸。

是啊,当元元向着幸福迈出第一步的时候,就已经注定了会是这样的结局。她的勇敢和坚持,让她收获了满满的幸福,可有些人宁肯在狂欢里保持自己的孤单,也不愿意迈出这一步。

很多人把自己没有对象的原因,归结在自己的圈子太小,自己认识的人太少。可我知道一些人,他们的恋爱对象是和他们的圈子差着十万八千里的人,连认识的过程都非常曲折,为什么这些人可以跨过圈子,去寻找到自己的幸福,你却不能呢?

还记得大学的时候,邻宿舍的一位朋友带着我去参加一个聚会,这个聚会是专门为了提高大家的英语口语而举办的。聚会的举办者是一个美国人和一个中国人。我当时听到这个聚会的时候非常吃惊,我们学校并不是什么知名院校,不会有留学生之类的,连外教都是外聘的临时工,且只有那么一两个。

我问我的这位朋友是怎么知道这个聚会,又是怎么认识这个聚会的举办者的,她仰着头想了很久,才说,好像是在英语角认识的,具体记不清了。

她当时就是太想提高自己的英语成绩,不断搜罗这方面的资源,误打误撞,就进入到了这个聚会。我们骑着自行车穿越大街小巷,来到了聚会地点,那是一个藏在角落里的非常优雅的西餐厅,朋友告诉我,每次都会变动地方,每次来的人也都会不同。她在这里认识了很多人。

已经不太记得那场聚会都有什么了,只是这个过程我始终记在脑海中。一个人只要勇敢地打开自己,就没有什么事情是不可能的。

在KTV的包厢里,有的人在唱歌,有的人在吃东西,有的人在聊天,而你只能坐在角落里玩着手机,刷着微博和朋友圈。你为什么不能放下手机,和聊天的人聊一聊近来的情况,和吃东西的人开开玩笑,或者点自己喜欢的歌,高唱一曲呢?

总之,你的孤单都是你自己造成的。当你感叹别人不了解你的孤单时,只是因为孤单还没有把你逼到尽头。

先打开自己,才能打开自己的人生。

你总是怪这世界太坚硬

"这个世界怎么了?"

这已经是我这个月第三次听到有人说这样的话了。我不禁也开始发出疑问,这个世界到底怎么了,让这么多的人同时感慨这个世界怎么了。

朋友在新公司处处被欺负,在离开了三家公司之后,她决定不再让别人把自己当软柿子捏,于是开始捏别人。她似乎有所醒悟,还总结出了一些颇有深意的话:"世界就是这样一个坚硬的世界,我们都是有棱角的石头,进入了这个世界,就注定会被它的坚硬磨平棱角,当我们变得圆润光滑,也就可以行动自如,不用处处碰壁了。"

当时,朋友的这条状态获得了一片点赞声,甚至被很多人转发。

这让我想起我大学时的一位室友——女王。女王是在后来调整宿舍的时候,才搬进我们宿舍的,她来自一个单亲家庭,爸妈离婚,各自组建了新的家庭,她跟着妈妈生活。据说女王的爸妈都很有钱,女王自己也很有赚钱的本事。或许是因为家庭的缘故,她这个人从来不谈感情，亲情不谈，友情不谈，爱情更不谈。她经常把一句话挂在嘴边："这就是一个适者生存的世界，你活不下去，可以去死啊。"

我们宿舍的人都十分想把她从她那个冷酷的世界里拉出来，经常拉上她一起参加集体活动，甚至偷偷摸摸为她准备了一次生日party，为她精心准备了生日礼物。做这一切的时候，我们总觉得她会有所改变，可事实证明，这一切对她来讲，只是一个形式罢了。

我和女王最大的交集大概就是学生会的文艺部了，当时她是文艺部的部长，我是副部长。那一年的新年晚会，我们决定搞出一些新花样，也让新生在晚会上多露露脸。女王语重心长地跟我说，她有雅思的考试，最近时间很紧，希望我能把晚会撑起来。这是第一次接手这么大的晚会，我也倍感压力，可我不得不答应她。

我开始了紧张而忙碌的准备工作，组织大一新生上节目，盯着排练，写节目单，串台词，还要和大学生活动中心一直保持联系，道具、服装、音响这些事情看似简单，做起来却麻烦得很。那段时间，真的累成了狗，节目单改了好多遍，我好几次写到晚上十二点，中午干脆彻底取消了午休。晚会当天，晚饭都没吃，便开始忙碌于现场的布置，好在手底下有几个不错的孩子，还能帮上忙。

当天的晚会非常好，每一位邀请过来的老师都表示这是系里有史以来最好的一次晚会。我总算是松了一口气，记得当天还哭了，不是因为太激动，而是因为太忙，嗓子都喊哑了。在学生会的年终总结上，系主任特意表扬了这次晚会，只是从他嘴中屡次提到的名字是女王，对我却只字未提。

Chapter3　加油吧，单身小姐
------写给还在单身的你

当时有些心灰意冷，我忙忙碌碌差不多一个月的时间，功劳全部被女王收入囊中。只是，在那个时候，我还是傻的，只是有些想不通，并不觉得这和女王有什么关系。

再一次和女王有交集，是因为一条裤子。那段时间，我去上瑜伽课，马上要迟到了，可我始终找不到自己的运动裤，女王很大方地拿出一条灰色的运动裤给我："这条裤子我就穿过一次，反正也不穿了，你拿去穿吧。"我带上裤子飞奔去上课。原本是打算下了课给她洗干净，然后还给她的。可她却阻止我洗裤子，还说："不就一条裤子嘛，拿着穿吧，反正我也不穿。"

在这之后，每当我去上瑜伽课，她总会提到她的那条裤子。然后，忽然有一天，她对我说："我见你穿这条裤子挺合适的，我这条裤子新买的，就穿了一次，当时买的时候五十九块钱，要不然你给我个十块二十块的，就卖给你了。"

老实说，我当时都傻掉了，手里恰好没有零钱，她也没有零钱找我，她很大方地说："下次再说吧。"

我的两个最好的室友来问我："她是不是找你要钱了？"

我当时很诧异，但只是点了点头，虽然我觉得挺别扭，可我觉得还是应该按原价给她，不想欠人家的。

"你是不是傻！"我的室友集体"攻击"我。

"她心里有你这个朋友，一条几十块钱而且不穿的裤子，直接送你好了。"室友老大说。

"要是我说，就不该穿她的裤子！你还没看出她是一个什么样的

人吗?你借她一块钱,她恨不得转天给你要两块钱的利息!"室友羊妞儿说。

最后,我们一致决定给她三十块。我在给她钱的时候,也听见她对别人说:"我干吗不要钱,那是我花钱买的。"

大四的时候,大家的关系都慢慢疏远了,直到有一次我和羊妞儿聊天,才再一次聊到了女王。

羊妞儿有一段时间和女王的关系很好,后来不知道为什么,两个人形同陌路,几乎都不开口说话了。我曾经问过羊妞儿原因,羊妞儿的回答是:"她满满都是负能量。"

而临近毕业,我才知道真正的原因。女王接近每一个人都是有目的的,她从来只接近那些有利用价值的人。女王从不相信这个世界上有所谓的感情,她说那些都是骗小孩子的,成年人应该有成年人的规则。羊妞儿一度很信奉女王的话,殊不知在女王眼里,她自己也是小孩子。

女王会算计身边人的一切,因为她不想被别人算计,总是要在别人开始算计自己之前,开始算计别人。

毕业的时候,因为一张桌子,我们和女王再也没有了交集。

宿舍里每人都有一张床上用的小桌子,大家的桌子几乎都是一样的。毕业的时候,我们把不需要的东西拿到跳蚤市场上去卖,结果不小心卖掉了女王的桌子。

原本想的是把钱给她就可以了,可女王回来大闹:"我的桌子是新的,连用都没用过!我的桌子还有用呢!"

于是，我们把另外一张桌子直接给了她，女王大怒，还斥责我们。

最后，她在QQ上发给我们每个人一句话："你们够狠。"然后，把我们通通拉黑了。

如果拿开头那个朋友的话来说，女王已经变成了一块圆润光滑的石头，她甚至比这个世界还要坚硬，已经可以把别人撞得体无完肤了。

可是，真的是怪这个世界太坚硬了吗？当你抱怨这世界的残酷的时候，你可曾问过自己，自己的心可曾有一丝柔软的地方？

你总是怪这世界太坚硬，如茅坑里的石头又臭又硬，可你却忘了，你也是有生命的，连一株小草都可以破石而出，你又怎么不能？难道非要磨平棱角，才算是适应这世界吗？

我曾经了解了一下开头讲的那位朋友的处境，我发现她所谓的"欺负"，只不过是几个老员工让她帮忙打饭，把一些琐碎的事情通通交给她做。其实，完全可以换个角度思考问题，这些所谓的"欺负"，难道不是快速融入新环境的"必须"吗？难道不能教会我们如何快速转变角色，熟悉自己的工作岗位吗？难道是教会我们怎么欺负别人吗？

"己所不欲，勿施于人。"

这世界从未变过，改变的只有人心。

拜拜，相亲者们

这个时代真的产生了太多令人匪夷所思的产物，比如相亲。

也不知道是男女比例越来越不均衡，还是因为生活节奏太快，抑或是工作压力太大，找不到对象的人真的到了一抓一大把的地步。于是，相亲这种从古流传至今的文化传统再次走上了它们的人生巅峰，并且随着现在互联网的发展，衍生出一系列的产物，比如微信的摇一摇，激情碰撞都是缘分；再比如相亲综艺节目，能找对象还能顺便出个小名。

言归正传，我的闺密一米八可谓阅人无数，没错，她一直走在相亲和去相亲的路上。

说到一米八的相亲史，真的可以编一本书了，不过不是故事书，也不是情感书，而是笑话书。

每次一米八跟我讲起她的相亲故事，我都能开心好几天。而每次，一米八总是会攥着我的胳膊和我说："蕾蕾，为什么我总是遇到这种奇葩？"

Chapter3　加油吧，单身小姐
――写给还在单身的你

有一次，一米八的亲戚给她介绍了一个对象，约定在麦当劳里见面。两个人找了一个角落坐下，那男人看上去还不错，长得有些文气，个子高高大大。但是，他一开口，一米八立即感觉自己屁股上扎上了钉子，她想立刻离开，不耽误一秒钟。

"姐姐，你喜欢看动画片？"

这是那个男人说的第一句话，碍于亲戚的面子，一米八不好立即离开，只好耐着性子说上两句。

"不喜欢。"一米八一向说话直来直往。

"噢，我最喜欢看动画片了，每次都下载到手机里，一看就看好几集。"那个男人继续说。

"嗯。"一米八敷衍着。

然后，那个男人就一直说他有多喜欢动画片，痴迷到什么程度。最后，一米八实在受不了，说自己有事要提前走。

"姐姐，我送你吧！"

一米八可不想让他送，说自己坐公交车很方便，但是男人坚持要送，加上一米八的亲戚也在场，一米八只好坐进了男人的车。

"姐姐，你要去哪儿啊？"男人一个劲儿地问。

一米八说自己要去天塔附近，天塔是天津市的标志性建筑物，曾经是天津最高的地方，天塔对于天津人来说应该并不陌生。可是，身为一个地地道道的天津人，这男人竟然不知道天塔在哪儿。

"姐姐，天塔在哪儿啊？"

"你鼻子下面是什么？"

"嘴啊。"

"对呀，那你不会问啊。"一米八已经接近崩溃了。男人费了九牛二虎之力，又是打电话向朋友求助，又是用地图导航，这才把一米八送到了目的地。下车后，一米八做的第一件事就是给介绍对象的那位亲戚打电话："我不同意。"

一米八和我说，她第一次觉得天津人喊"姐姐"这么别扭。

有了这样尴尬的见面经历之后，一米八也长了心眼儿，再介绍对象，先加微信聊一聊，聊得不错再见面。于是，后来便有了设计男的出现。

设计男是搞设计的，小伙子个子一米八，长相也比较精神，一米八还特意把照片发给我，让我把关。我们一致觉得小伙子还不错，可以发展看看。

于是，一米八开始和人家聊微信。两个人聊的时间还挺长，设计男的身世有些复杂，据说是单亲家庭长大，爸爸重新组建了家庭，他和妈妈一起生活，妈妈开了一间手串店。现在单亲家庭的人很多，这一点完全可以忽略不计。

聊了许久之后，两个人决定见面了。设计男是个工作狂，休息的时间很少，于是便提出可以在他妈妈的手串店见面。一米八直接问："这算是见家长吗？"也不知道设计男是真傻，还是装傻，直接说："算。"

见面当天，一米八打扮得那叫一个得体，毕竟还要见家长，她是格外重视。可谁知，到了设计男妈妈的手串店里，设计男便沉浸在自

Chapter3　加油吧，单身小姐
——写给还在单身的你

己的手串世界里了，一直在穿珠子。一米八一直努力寻找话题，可设计男始终有一句没一句地回答着。

设计男的妈妈一直在说："你们出去逛逛街吧。"可一米八还没说话，设计男就直接否定了。总算是挨到了吃饭的时间，一米八心想总算有单独的时间可以说说话了。

一米八给我讲到这里的时候，特别停顿了一下，问我："蕾蕾，打死你都猜不到我们午饭吃的什么。"

"大饼鸡蛋！煎饼果子！"

我当时听了下巴都要掉到地上了，趴在沙发上，笑得半天没有起来。一米八说，她自己吃的大饼鸡蛋，设计男吃的煎饼果子。一米八还说："我的要求很低的，哪怕去吃一碗拉面，我也觉得这是一顿正式的见面午餐，我难道连一碗拉面都不值吗？"

下午，设计男也是穿手串，直到一米八实在不想坐下去，提出了回家。

一米八似乎并不死心，在微信上和设计男继续聊天，一米八问："我们也见过了，你觉得怎么样？"

设计男的回答简单干脆："我觉得我们可以从朋友开始做起，慢慢来。"随后，设计男还表示他妈妈很喜欢一米八。

一米八窃喜，看在他这个可以慢慢来的份儿上，就忽略掉大饼鸡蛋和煎饼果子吧。

可是，自从这以后，设计男没有给一米八发过一条短信和微信，简直要把一米八气得吐血。我小心翼翼地提醒一米八，设计男可能话里有话，也许他的意思是只能做朋友。

可是连我自己也想不通，如果只能做朋友，为什么要加上"开始做起"、"慢慢来"，还要加上"我妈妈很喜欢你"之类的点缀呢？一米八是个急脾气，她直接告诉介绍人"掰！"

一米八遇到的相亲者中的奇葩可不止这两位，另外的就不过多赘述。

"我本来就高，能和我相亲的人本来就不多，怎么奇葩都让我碰上了？"一米八常常发出这样的感叹，让我不知道如何接下一句。

一些不明白真实情况的人经常会说："一米八，你别挑了。"一米八总是满脸委屈："我真的不是挑，我只求一个正常人，找个正常人就这么难吗？"

是啊，三条腿的蛤蟆不好找，可两条腿的人还不好找吗？可是，对于现在许多单身的人来讲，的确不好找。

我三姨家的表妹在我老家的小县城里生活，也到了谈婚论嫁的年纪。因为农村人重男轻女思想的腐蚀，我们那个小县城基本上都是适龄男青年，适龄女青年真的少得可怜。据说，一个二十来岁的小姑娘，如果前一天离婚，后一天就会有不少媒人去提亲。

我表妹姿色一般，但赶上了好时候，也可以在一票适龄男青年中挑挑拣拣。可是，家里人说她未免太挑剔了，高的嫌高，矮的嫌矮，白的嫌白，黑的嫌黑，幽默风趣的嫌人家话多，老老实实的嫌人家不会哄人。真是能把我三姨急出一个好歹来。

可是，我理解表妹，也理解一米八。

在没有遇到对的那个人之前，所有的人，哪怕天资再高，哪怕样子再帅，哪怕是一个完美无缺的人，也终究只是一朵奇葩，盛开在自己必经的路上。

没感觉，不喜欢，别人眼里再好，那也终究不是自己的菜，就是鸡蛋也能挑出骨头来的。

别总是觉得自己遇上的都是奇葩，那是因为对的那个人没有出现。

我们每个人都有一个最好的选择利器，那就是时间。时间会帮我们做出最好的选择，会把最合适的那个人带到我们身边。

拜拜吧，相亲者们，你们终究只是过客，而我们等的人还在来的路上。

你好，我现在单身

单身太久，是容易生病的。我对这句话深信不疑。

有心理上的病，也有身体上的病。之前提到的 Y 小姐，三十几岁"高龄"仍旧单身，她满脸都是痘痘，去大医院看过，也吃了不少的药，可还是无法改变"一闪一闪亮晶晶"的现状。还有别的朋友，经常做梦梦见自己和男朋友吵架，可醒来发现自己根本没有男朋友，每年生日愿望都是把自己嫁出去，可还是停留在单身的状态。

单身太久，有的人开始标榜自己的"单身贵族"身份，其实，他们心里幻想着恋爱，嘴里却根本不把爱情放在眼里。有的人开启结婚狂的节奏，恨不得看见男人就冲过去，问人家有没有女朋友，碰到合适的恨不得立刻登记结婚，结果把人吓跑了。

洛丽是我见过的单身女孩子里最特别的一个。

据我所知，洛丽也已经单身很久了。她的恋爱次数只有两次，第一次是在大学里，异地恋，洛丽是被男孩子的痴情打动的，勉强维持了一段时间，最后还是分开了。第二次，是在她工作以后，和她的一位同事，在一起没多久，发现对方并不好，便果断分手了。

可谁说一个人的世界就不能很精彩呢？洛丽的单身生活过得有滋有味。

我对洛丽的印象还停留在当年那个美丽清纯的洛丽，样子有些土气，性子有些磨叽。几年的都市生活已经将她打造成了一个可人儿，时尚靓丽，成熟中带着一些可爱。

洛丽很少在朋友圈里发东西，偶尔发一发便能看到她的生活姿态了。她开始喜欢运动，去健身房，跑步、瑜伽一个都少不了。她也喜欢旅行，所到之处总是透着一股清新自然的气息，或许这是她的释放心灵之旅。她也开始研究美食，偶尔会看到她和朋友探寻美食的照片，对于新鲜的事物，她也不会拒绝，她开始做美甲，把缤纷的色彩搭配在自己的指甲上欣赏。

刚开始，我以为洛丽和很多单身的人一样，单身久了，才宣示自己是单身主义。可当我试探了一下之后，发现她并不是。

我发微信给她。

"洛丽，想介绍个人给你认识一下。"

"好呀。"她的回答干脆利落，似乎在表明她的态度。

这还真的出乎我的意料，因为一般的人都会在第一时间询问，什么人呀？长得怎么样？做什么工作……一大堆的问题丢给你，而洛丽竟如此爽快。

洛丽告诉我，她不拒绝认识新的人，也不拒绝相亲。她现在的状态是：一边过着一个人的精彩，一边等待一场精彩的恋爱。

生活每天都是新的，谁知道老天下一刻会给你什么呢？与其杞人忧天，不如过好当下，何必在乎下一刻发生什么，过好这一刻才是最要紧的。

这是洛丽教给我的。她从不觉得自己单身有什么不好，也不会故作姿态宣布单身主义，更不会火急火燎地想要把自己嫁出去，而是在慢慢享受中，慢慢等待幸福的到来。

这难道不是最好的单身状态吗？

而我认识的另外一位朋友林小姐的情况却完全相反，她把二十几岁的小女生活成了四十几岁的大妈。

一点儿都不夸张，据说见到她的人都无法正确猜测她的年龄，有说三十多的，有说四十多的，唯独没人说二十几。

林小姐真的是货真价实的90后，不信可以拿她的身份证来比对。她身材是有一点儿微胖，她也一直走在减肥的路上，可不知道怎么的，越减肥反而越糟糕，给人的感觉就像一个大妈。

我不太记得林小姐谈过恋爱，她在学校里的时候，每隔一段时间，都会有一个男生陪在她身边，只是他们并不是情侣关系。林小姐的家里人一直在给林小姐介绍对象，她也不知道自己哪里来的自信，总要求先看对方的硬件条件，不符合标准的连面都不会见的。

林小姐总是张罗着让别人给自己介绍对象，在我的婚礼酒席上，她还一个劲儿地和我提起这个话题。可是，看着林小姐本人，我真的不知道该把谁介绍给她。

刚二十出头，一件得体的衣服都没有，衣服在她身上总是穿出一种汉子的味道。林小姐没有任何娱乐生活，除了为了减肥而运动之外，她几乎什么都不做。

而且，林小姐似乎觉得单身是一件很丢脸的事情，她总是一边和自己同事说自己在谈恋爱，一边又偷偷拜托关系不错的人帮自己介绍对象。

其实，洛丽也想谈恋爱，也想结婚，她的家里人也一直希望她可以早些结婚，毕竟年龄越来越大了。可洛丽总是会慢条斯理地说："那怎么办呢？慢慢等呗，总不能在大街上逮个人就过来结婚吧。"

单身并不可怕，可怕的是人们为了尽快摆脱这种状态，已经到了"走火入魔"的地步。

你可能会说，我是站着说话不腰疼。可我并不觉得洛丽的生活有什么不好，两个人能好好过，难道一个人就不能好好活了吗？

一朵枯萎的花，如何才能把蝴蝶吸引过来呢？

洛丽始终把自己的人生过得漂漂亮亮，相信早晚有一天会把蝴蝶吸引过来。

在恋爱之前，为什么不把自己的生活过得精彩一点儿呢？生命中的那个人可能正在来的路上，难道当他到来的时候，你不希望自己是华丽出场吗？就真的不怕他被自己的样子吓坏，让原本对的人，就这样错过？

在这里，我想问所有单身的人一个问题，谈恋爱是为了什么？

或许你是为了不再孤单，或许你是为了找到一个相互陪伴的人，或许你是为了有人能够理解自己。总结成为一句话，恋爱是为了更好地生活。

可是，有的人为了恋爱，已经把自己的生活弄得一团糟，把自己也变成了一朵被摧残枯萎的花。这样的话，不就本末倒置了吗？我们原本是为了更好地生活去恋爱，却在追求恋爱的路上，丢了生活。

你好，我现在单身。

说这句话的时候，洋溢在脸上的是自信，是期待，是对生活最好的回答。

我相信，你终究会等到那个人。

你究竟敢不敢

老大曾经推荐我看了一部法国电影，叫做《两小无猜》。当时我大二，还记得是个下雨天，我躲在被窝里看电影，被电影里的那个精美的铁盒子深深吸引，不能自拔。

片中的主角以铁盒子做见证，玩了一个一辈子的游戏，那就是当一个人问另一个人"敢不敢"的时候，无论是什么，另一个人必须说"敢"，并且照做。就因为遵守规则，他们做了许多疯狂的事情。

影片闪过无数次镜头，就是一个人问另一个人："你敢不敢？"可是，当他们介入彼此的生命中，却始终不敢承认自己爱着对方，以至于他们互相伤害，一次又一次错过。

生活中，有多少人是因为缺少勇气而不断错过的呢？

Sara 是我的学姐，个子高高的，皮肤黑黑的，一头卷发，高鼻梁，大眼睛，大家都说她是外国人，又很像是混血儿，所以学姐便给自己起了一个英文名字 Sara。Sara 学姐当真是一个女汉子，做事果敢，丝毫不输给男生。她是班里的班长，在她的威严治理下，他们班拿了好几次"优秀班集体"奖。我们这一届学生到来之后，Sara 学姐大展雄风，虏获了我们许多小学弟小学妹的芳心。在学生会换届的时候，她以超高的票数坐上了学生会主席的宝座。

当时，在很多人心里，Sara 学姐简直就是女神，一个遥不可及的女神。那个时候，我还是一个学生会小小的干事，总是仰视着 Sara 学姐。可是，再强大的人也是有弱点的，Sara 学姐说她的悲哀就是她太强了，没有人敢追求她，大家对她，只有敬，没有爱。

Sara 学姐喜欢玩飞盘，是学校飞盘社的社员，还曾经代表学校参加比赛，拿回了一个大奖。认识姐夫，也是因为飞盘。我不知道姐夫叫什么，总之，大家都叫他姐夫。姐夫是外国人，具体是哪个国家我已经不太记得了，因为那个国家的名字很长，应该是一个西方的小国家。姐夫是一家培训机构的英文老师，也酷爱飞盘，他们就是玩飞盘认识的。

老实说，姐夫的条件并不出众。他又瘦又小，个头要比 Sara 学姐矮差不多半头，相貌一般，总之，和我们在欧美电影里看到的那些美男差得很远很远。姐夫的家庭条件也不是太好，家里孩子很多，很早就独立开始一个人打拼，他来中国工作，工资也并不高，一个人租住在老小区的单间里。

有时候不得不佩服外国人的那种勇气，他们似乎无所畏惧，总是抱着试一试的态度，成就成，不成就算了，总之要试一试。Sara 学姐说，姐夫很直白地和她说："我喜欢你，可以和你约会吗？"

Sara 学姐一点儿都不矜持，直接就答应了，一来二去，两个人便确立了关系。

系里很多男生知道 Sara 学姐和姐夫在一起之后，都大跌眼镜。姐夫不是欧美肌肉型男，更不是日韩清新美男子，个头还矮了 Sara 学姐半头，他竟然这么轻易就把 Sara 学姐追到手了。

Sara 学姐说："不敢追你的男人，再优秀也不能要，这点儿胆量都没有，谈什么恋爱！"

然后，Sara 学姐和姐夫一直甜甜蜜蜜的。

毕业之后，Sara 学姐去了北京工作，姐夫也辞掉了天津的工作，去了北京。北京很大，虽然在一座城市里，他们还是不能常常见面。

我们从来不看好 Sara 学姐的恋爱，为什么呢？他们两个人来自不同的国家，拥有不同的教育背景、成长环境和信仰，且两个人都没有什么经济基础，两个人同是中国人能够结婚的可能性都不太大，更何况还是异国恋。

后来，这些都在 Sara 学姐那里得到了证实。Sara 学姐工作一段时间之后，回过一次学校，因为我们宿舍几个姑娘和 Sara 学姐还算熟识，也恰好那天别的宿舍没有人，Sara 学姐就来到了我们宿舍，和我们聊了聊。

Sara 学姐说，这段感情很艰难，他们还在慢慢磨合。姐夫的圈子目前还局限于他的外国朋友们，Sara 学姐只能拼尽全力挤进姐夫的圈子里，和他的朋友成为朋友。虽说 Sara 学姐英文不错，可毕竟还有文化差异存在，她也是费了九牛二虎之力才总算克服了语言的障碍。

而两个人的观念也有很多不同，他们都在尽力去适应。有一次，Sara 学姐的妈妈来看望 Sara 学姐，姐夫也在，Sara 学姐的妈妈曾经说家里人对姐夫的印象还不错。Sara 学姐的妈妈说："你们结婚生个孩子，我帮你们带，你们该上班就去上班。"姐夫听了这话就急了："我的孩子当然是我来带，为什么要你带？"一来二去，竟然吵了起来。

我们发现 Sara 学姐变了，变得越来越有女人味了，虽然嘴上一直说着爱情的辛苦，可脸上却总也掩饰不住爱情带来的甜蜜。

我们问 Sara 学姐："你会和姐夫结婚吗？"

Sara 学姐狠狠瞪了我们一眼："废话，当然会了，难道你们觉得不会吗？"

我们问她接下来有什么打算，她说先工作一段时间，然后她会跟着姐夫去姐夫的国家，在那里定居生活。我们大吃一惊，原本以为 Sara 学姐会和姐夫一直待在中国的，没想到他们竟然有这样的打算。

后来，我没有再见过 Sara 学姐，只是在网上经常看到 Sara 学姐分享的图片。她办理了旅游签证，去了一趟姐夫的国家，认识了姐夫的家人。她也会经常分享一些和姐夫的日常，每次她分享的时候，底下全部都是"又在秀恩爱"的评论，我依稀记得 Sara 学姐还是单身的时候，最不喜欢别人秀恩爱了，但凡秀恩爱的人，她都会选择性地屏蔽。这一次，轮到她自己了。

2013 年，我毕业那一年的秋末，听说 Sara 学姐要结婚了。那是一场别具特色的婚礼，婚礼的地点就是草坪，他们经常一起玩飞盘的地方。整个婚礼就是一场别开生面的飞盘比赛，Sara 学姐穿着婚纱追飞盘的样子，我至今都难以忘怀。一个女孩子追飞盘是一种勇气，追爱情，又何尝不是呢？

去年新书上市的时候，我在人人网上分享了一张新书的图片，之后便很久没有上过人人网。那天心血来潮，登录了人人网，发现Sara学姐竟然给我留言了，说要去买我的新书。我这才想起Sara学姐来，便去了她的人人主页，Sara学姐已经去了姐夫的城市，他们已经有了第一个宝宝，看着照片上幸福的一家，真是羡煞旁人。

努力跻身异国恋人的圈子，远离自己的家乡，远离自己的家人，远离自己所熟悉的一切，去另外一个国家，融入一个陌生的环境，融入一个陌生的家庭，是一种怎样的勇气呢？

我想说的是，你之所以单身，是不是因为你的勇气还不够呢？你可能遇到了喜欢的人，也许也曾暗恋了一个人很久，或许是因为身份差异，或许是因为自卑，你始终没能勇气去告诉自己喜欢的那个人，结果错过了一次又一次的爱情。

再次回想起《两小无猜》里那个精美的铁盒子，当男女主角最后突破内心胆怯的底线，勇敢地询问对方"Love me if you dare（爱我，如果你敢）"的时候，一段迟到了二十多年的爱情，终于拉开了序幕。

不是每个人都有勇气去爱的，能够收获爱情的人，都是那些勇敢追求爱情的人。不踏出第一步，又怎么会有接下来的故事呢？

爱，真的需要勇气，这从来不是无稽之谈。

Chapter4

如果走着走着就不爱了
——写给总是分手的你

有朋友问我:"为什么你一场恋爱谈了好几年,从学校一路走到了结婚,而我谈了好几场恋爱,还是孤孤单单一个人?"是啊,为什么有的人初恋便结婚,而有的人遇过好几个不错的人,谈过好几场刻骨铭心的恋爱,却还是孑然一身。其实,答案还是在我们自己身上,能够打碎你恋爱梦境的人,其实只有你自己。

Chapter4　如果走着走着就不爱了
——写给总是分手的你

爱你的人，教会你成长

还记得《左耳》里，黎吧啦的那句话："爱对了是爱情，爱错了是青春。"

可在生活里，我们总是会追究爱情的对与错，爱情里的人的对与错。谁不想谈一场对的爱情呢？谁不想爱一个对的人呢？

可是，如何判断自己的爱情是对是错，如何判断自己爱的人是对是错呢？

很长一段时间，我都无法找寻到答案，直到我遇见初夏。初夏的名字当然不叫初夏，这是我给她取的名字，因为她给我的感觉就是初夏的感觉。不冷不热刚刚好，不像秋冬的冷，也不似盛夏那般炎热得令人抗拒，她给人的感觉就是很舒服，有着不浓不淡的亲切感。

初夏是我心目中的女神，她大我三岁，人生阅历却甩开我好几条街。

或许是因为写小说的缘故，让我对身边的人的爱情都非常感兴趣，认识初夏之后，我就很想探究她的爱情故事。在我看来，像她这样温润美好的女人，背后的故事一定非常精彩。

在一个午后，我和初夏约在了一间咖啡厅里，有点儿感冒的初夏，点了一杯巴黎水，她的故事便从这杯巴黎水慢慢地展开了。

初夏是学跳舞的，后来毕业的时候做了一名舞蹈老师。她的初恋就发生在大学校园里，对方和她一样，也是学跳舞的，初夏给他的代号是X。

初夏是土生土长的天津人，而X是从小地方出来的，他很珍惜自己上大学的机会，拼命挣扎着想要留在这座城市里。初夏说，当时的X学习真的很卖力，每一堂课都认认真真地上，不会放过任何一个和老师出去学习、比赛的机会，有些可学可不学的舞蹈套路，他都是学得认认真真，绝不会偷懒。

X在大学校园里拼命成长，就好像是一棵小树拼命在这座城市里扎根。可是，他似乎忘记了自己身边的初夏，两个人的爱情始终停留在一起吃个饭，一起出去玩一玩的状态。初夏说，她最深刻的记忆就是，临考试前，X在努力学习，争取拿奖学金，而她坐在一边吃零食、玩游戏。

快要毕业的时候，两个人不温不火的爱情走向了终点，没有什么大风大浪，一直都平淡得没有涟漪。所以，分手的时候，两个人似乎也没有太难过。

毕业之后，X真的凭借着自己的努力留校了，在大学里做了一名舞蹈老师，后来开了一间自己的舞蹈工作室，成为非常有名气的舞蹈老师。初夏挺为X骄傲的，他当年心心念念的梦想终于变成了现实，他把自己的根深深地扎进了这座城市的泥土里。然而，初夏觉得这一切都和自己没有半点关系。

初夏毕业之后开始自己打拼，她没有留校的机会，于是便在一家少儿培训机构开始做舞蹈老师。初夏说那几年，是她这辈子都无法忘记的日子。

那个时候，初夏住在郊区，那家少儿培训机构在市里。从家去她上课的地方要倒三次公交车，早上要很早起床才能赶上去市里的公交车，无论是炎热的夏天，还是寒冷的冬天，她都要起很早去上课。

那个人就是在这个时候出现的，在她最苦的时候，在她最需要帮助和成长的时候。初夏给他的代号是C。

C是初夏一个学生家长的朋友，那天初夏的一个学生的家长没有时间带孩子过来上课，便让朋友C帮忙把孩子带过去，C见到了初夏，似乎是一见钟情，两个人就这样认识了。

C在一家大公司上班，职位虽然不是很高，但也是一个小有成就的领导了。有一天晚上，初夏忽然接到了C的电话，询问她可不可以帮自己的公司做一个年会表演。当时初夏正是缺钱的时候，有机会找上门她当然不会拒绝，可她不懂年会表演的价钱，计算了一下自己的支出费用，便随意报了一个很低的价格。

C直接说："你觉得自己就值这个价钱吗？"初夏当时愣了一下，这是嫌自己报价太低。果不其然，C很快便给初夏分析了一下问题，告诉她："你是一个很有才华的人，你的舞蹈很好，绝对不止这个价钱，你应该有更宽广的舞台。"

这还是第一次有人如此夸奖自己，一直以来，初夏都觉得自己平平淡淡，没有什么特色，能做好一个舞蹈老师就很不错了。经过 C 的指点，初夏忽然有了自信。那一场年会表演非常成功，也让初夏赚到了自己第一笔大的收入——两万块钱。初夏说那个时候她半年的课时费也没有这么多。

这一次的成功让初夏更加自信了，她开始更专注地提高自己，也把自己的眼光看得宽广了一些，不仅仅专注于舞蹈课，更延伸到各种表演上面。

因为有了更多的自信，初夏的舞蹈课程也越来越好，很多地方开始请她上课。因为家庭的原因，初夏一直在努力赚钱，所以她也是来者不拒。那年冬天下着大雪，初夏在一个郊区学校上完课，想要回家的时候发现已经没有公交车了，她就一个人走在路上，也不知道走了多远。

就在她冻得有些麻木的时候，接到了 C 的电话，问她在哪儿。初夏说了自己的位置，C 很快就赶到了，把她接上。上了车，初夏问 C 怎么这么快，C 说："我知道你在这边上课，所以下了班就一直在这边转圈。"那一刻，初夏的心在寒冷的冬天被焐得暖暖的。

后来，初夏和 C 走到了一起。

初夏说，爱你的人，在爱情里会温暖你，会教会你成长。她说，X 也是一个很好的人，可他一直提升自己，却忘了督促自己身边的爱人，如果他当初也像 C 一样教会初夏成长，可能也就不会有 C 的出现了。

在爱情里教会你成长的人，必定是爱你的，哪怕最后没有走到一

Chapter4　如果走着走着就不爱了
——写给总是分手的你

起，你也没有白白爱一场。而在爱情里，只知道自己成长的人，是自私的，两个人终究没有办法走在一起，哪怕在一起，也会因为不平衡的关系而越走越远，最后分道扬镳。

所以，你现在知道应该爱什么样的人？什么样才是对的，什么样才是错的了吧？

走着，走着，就不爱了

很多事，做与不做，终究需要一个理由。

可是，有很多人在分手的时候，竟然没有任何理由，他们的回答简单得近乎敷衍：没感觉了，不爱了，不知道为什么……

很多这样被分手的人，都没有办法接受这样的现实，昨天还一起吃饭，今天就谈分手，有别人了吧？最近好像没有吵架，怎么突然就分手了呢？是不是哪根筋没有搭对？

大家进行着各种各样的猜测，可是不爱了就是不爱了，即便是有再多的理由，也终究无法抵抗分手的到来。

其实，这些走着走着就不爱了的人，并非敷衍，也并不是有了别人，而是真的就不爱了。之前网络上曾经发布了一条震惊人的消息，说根据科学论断，真正的爱情只能维持三个月。这个论断到底有没有科学依据，我们无人知晓。但有的人确实如此，过了爱情的热恋期，忽然觉得要分手了。

我的大学同学有一位就是这样，他是一个很帅气幽默的男生。他

Chapter4　如果走着走着就不爱了
――写给总是分手的你

曾经有一场轰轰烈烈的爱情，那是一个长得清秀美丽的女孩子，他苦苦追求了女孩半年之久，才总算得到佳人的同意。

他们做了许多疯狂的事情，一起去学校楼顶看星空，冲进雨里淋得湿透，然后大声说"我爱你"……

他们一度成为学校的恋爱典范，都可以写进恋爱教科书了，可是，才过了小半年，两个人就分手了。一开始大家都以为提出分手的是那个女孩子，可能她接触了一段时间，当初因为感动和男生在一起，时间久了，觉得不合适，也就分手了。

可大家一打听才知道，提出分手的人正是我的同学，那个女孩子哭得梨花带雨，她根本不知道发生了什么事，好几次来我们班给我的同学送信，我只见同学把信看一遍就扔了。这和几个月前，一封情书改上七八遍的他简直判若两人。

有一次，我上厕所回来，恰好看见那个女孩又来找我同学求和好，男生的表情非常冷淡，我听见他说："你别来找我了，我都说了，我不喜欢你了，你就这样赖着我，也没有用啊。"我记得之前男生可是说过，他这辈子就喜欢女孩一个人，觉得她哪儿都好。

流言四起，都说男生爱上了别人，一时间很多人都说他是花心大萝卜，三分钟热度。包括我，当时也是这样认为的。

"你是不是爱上了别人？才把人家给甩了的？"

"天地良心，我真的没有。"

"那你是为什么？"

"就是觉得没什么感觉了，不喜欢她了，所以就分手了。"

"谁说非人家不娶的?"

"当时是当时,现在是现在。"

说完这句话,他就不再理我了。当时,我好久都没有理会他,总觉得他这个男生不靠谱,现在想想,倒也理解他了。

似乎爱情是有时效的,过了时效,立即失效,走着走着,也就不爱了。

你如果想问我,这究竟是怎么一回事,我只能很遗憾地回答:"我也不知道。"但是我知道的是,每一对相爱的人都曾经经历过这样的阶段。

我的朋友C就是这样。她和男朋友恋爱的时候,那叫一个轰轰烈烈,一日不见如隔三秋,要是一天不见上一面,她就会失眠一整夜。

大概是在一起半年之后,他们的吵架忽然频繁起来,经常听到C在电话里说:"不想说话就别说,没有人逼你。"然后她气愤地挂掉电话。挂掉电话,C便开始抱怨:"他竟然说和我没话说,没话说还谈个什么恋爱!"

C非常喜欢看情感类的书籍,她管两个人现在的这种关系叫做"激情退却后遗症",之前的恋爱太过于轰轰烈烈,导致激情退却之后,两个人不习惯平淡的生活,从而开始沉默或是争吵。

C后来不吵架了,开始和男朋友讲道理,她说现在两个人处于磨合期,需要慢慢磨合,磨合好了就结婚,磨合不好就分手。他们减少了见面的次数,热恋的激情退却之后,他们在努力进入磨合状态。

磨合期的确是一个很神奇的过渡时期,C慢慢和男朋友磨合着,

Chapter4　如果走着走着就不爱了
　　——写给总是分手的你

两个人忽然把彼此的存在当成了一种习惯。分开一段时间，会有些想念对方，但更多的是不习惯彼此不在身边。偶尔他们会像刚开始谈恋爱那样去看电影，去旅行，去参加朋友的大聚会。慢慢地，就好像左手和右手，虽然在一起没什么激情澎湃的感觉，可就是缺了谁都不行。

他们不再是拼命寻找聊天的话题，也开始了解到，在一起久了，的确没有那么多要说的话了。有话题的时候，他们就聊一聊，没话题的时候，他们就各自忙各自的，这个看书，那个玩手机，相处得还算和谐。

C和男朋友自然而然走到了一起，毕业之后两个人就订婚了。

很多恋人都会经过这样一段激情退却的时期。心理学家认为，每一对恋人总会经历四个阶段：热恋期（也是共存期）、反依赖期、独立期、共生期。很多恋人都是走到第二或是第三阶段，没有坚持下来，就分手的，其实，只要走过三个阶段，在共生期分手的人几乎为零。

反依赖阶段是热恋的澎湃退去之后，开始想要一些自己的空间，很多人都是在这个时候开始认为自己还不如不谈恋爱，谈恋爱还不如一个人来得自由。这段时间，两个人会经常吵架，就像是C和她的男朋友那样。独立阶段是反依赖阶段的一个延续，大家会各自找到一个平衡点，如果找不到，自然也就分手了。

那些说走着走着就不爱了的人，你们可以在这里找到原因。

不要着急分手，有些人就是太过于心急，觉得自己没感觉了，立马就要分手。殊不知,爱情到最后,就是平平淡淡的。

  和一个人在一起久了,总会从有感觉到没感觉,不要害怕,这是爱情必经的过程,走过就好。

Chapter4　如果走着走着就不爱了
——写给总是分手的你

爱情，从来都是辛苦的

"我不是不爱，只是累了。"

我相信很多人分手的时候都会说这句话。不是不爱，也不是不想去爱，只是太累了，自己的心无法承受这样的疲惫，于是，我们想给自己放假，想要休息一段时间。

这样做看上去好像无可厚非，可是，爱情原本就是辛苦的，谁敢说自己在爱情里无比轻松呢？

当洋妞儿蹲在地上大哭，告诉我说"如果分手，再也不会爱了，因为太累了"的时候，我就知道，爱情从来都是辛苦的。

我是这样，洋妞儿是这样，我身边但凡爱情甜蜜的人都是这样的。

2011年的愚人节，我和左先生正式开始谈恋爱，从此就踏上了辛苦的爱情之路，大有一种"一入侯门深似海"的感觉。当时孙燕姿的新专辑里有一首歌叫《愚人的国度》，这首歌也就成了我们的定情曲。后来，才发现爱真的是愚人的国度，不是愚人，又怎么会踏上这样一条艰难、辛苦的不归路呢？

那个时候，我上大二，左先生已经工作了，而且正处于事业的上升期。我在市里，他在郊区，加上他工作很忙，又是外出培训，又是加班，明明才相距二十多公里的路，却偏偏谈出了异地恋的感觉。

偶尔他不加班，便会坐半个多小时的公交车来找我，可等他到了也已经是晚上了，他回去的最后一班车是九点半左右的，所以，我们见面的时间不会超过两个小时。吃了饭，聊会儿天，就又该分开了。

那个时候，左先生从来没有休息日，他每周只休息一天，因为爷爷奶奶也在天津，他每半个月还要去一次爷爷奶奶那里。剩下的时间才是属于我的，自从谈恋爱，他甚至连个懒觉都睡不了。

然而，精神上的疲惫远比身体上的疲惫来得更轰轰烈烈。因为不常见面，又是刚恋爱不久，我们经常吵架，有时候会因为对方的一句话就大吵特吵。这不是更主要的，更主要的是，我们必须慢慢揣测对方的每一句话，甚至每一个表情，总希望在一起的时候，能给对方更好的状态。

两颗心慢慢靠近的过程，是痛并快乐着的。

在学校的那两年里，我几乎是在与一切争夺左先生，为了争取和他在一起的时间长一些，我会帮他买衣服、鞋子、袜子、护肤品等一切东西，只是为了让他把这些时间节省下来，用来陪我。慢慢磨合，不断摩擦，当互相了解之后，我差不多也该毕业了。

而等待我们的辛苦还在后面。

先是面临分手。左先生的妈妈给我打电话，想让我一毕业就结婚，我当然不会同意。电话里，闹得很僵。那几天，我真的是心力交瘁，

Chapter4　如果走着走着就不爱了
——写给总是分手的你

因为正在忙着各种面试，以及毕业论文和毕业答辩。而左先生也不知道是被妈妈洗脑了，还是真的想要结婚，他和他妈妈站在了一边，就是要结婚。我提出了分手，就这样分手了。

可就在我准备调整自己，来一次毕业旅行的时候，我知道了他被开除的消息。左先生当时在公司已经得到了职位的提升，工资也收入过万，却因为一次小小的事故，让他不得不离开自己奋斗了好几年的公司。

我不能让他这样痛苦，便和好了。分手半个月，左先生整个人瘦了一圈。

我用攒下来的钱在一栋老小区里，租了一个小小的房间，18 平米，卫生间只能容得下一个人，只能直进直出，转身的时候都要特别小心。厨房和客厅都是合并的，一个老旧的洗衣机只能放在过道里。我必须一个人住，因为我写稿子害怕别人打扰。

那段时间，我们的生活简直糟糕透了。我们都在努力创造"我很好，你加油"的局面，我一边忙着找工作，一边忙着安慰左先生，因为这次开除事件对他的打击太大了。左先生一边忙着找新工作，一边努力鼓励我这个职场菜鸟。

忙碌了一个月的左先生终于找到了工作，而我也即将进入公司实习了。我们都需要适应新的环境、新的工作，我们每天都很累，甚至连和彼此说话的心情都没有。那段时间很少见面，彼此的精力有限，总不会照顾到方方面面，所以，那段时间我们也经常吵架。

左先生和别人的房租到期了，我做了一个大胆的决定，让他搬过来和我一起住。在这样的小区居住，真的需要很大的勇气，防盗门是坏的，连个销子都没有，唯一的锁，稍微一用力就可以打开。左先生也觉得我一个小姑娘在这里住，实在是危险，也便同意搬过来和我一起住。

这个小房子里装下我们两个人，显得拥挤不堪。原本以为住在一起，会让我们的心离得更近一些，也少一些争吵。可住在一起，又是一段磨合期，我们必须学着适应彼此的习惯，争吵的次数反而更多了。

我是一个没心没肺的人，东西总是乱放，而我总觉得左先生的血液里肯定流淌着处女座的血，他很爱干净，很爱整洁，整天像个管家婆一样在我耳边唠唠叨叨。我东西乱放，不收拾房间，他会唠唠叨叨，说个没完没了。他收拾起来的东西，我找不到，也会和他发脾气。

无数次我们想要分手，无数次我们感觉和彼此没办法一起生活，可无数次又给自己打满鸡血，起来战斗，继续磨合，要把爱情进行到底。

所以，我很理解为什么很多人走着走着就散了，因为彼此磨合的过程，真的不是一句"痛苦"就可以形容的。

我们在承受心灵上的创伤时，还得忍受现实带来的残酷。

夏天，小房子实在太热了，不仅热，蚊子还特别多，窗口就是一棵大树，我们的窗户还没有纱窗，用破旧的蚊帐糊在窗户上，总算可以减少房间里蚊子的数量。我们没有空调，只有一个很小的风扇。买来的菜第二天就会坏掉，我尝试用房东留下的那台旧冰箱，却发现两天的工夫，电费猛涨，初步算了一下，每天冰箱的耗电在两块到三块之间，我们赶快把冰箱的电源拔下来，再也不敢用了。

洗衣机没有连接水管，也没有连接下水道。每次洗衣服只能一盆水一盆水地倒进洗衣机里，然后又一盆水一盆水接出来倒进马桶或是下水道。而洗澡更是我们的噩梦，洗澡用的是燃气的即热型热水器，那种老小区里装的都是老古董了，且十分考验水压，水压上不去，打火就不着，水自然也不会热。老小区里水压都不行，夏天还好，冬天简直惨不忍睹，几乎每次都是洗凉水澡，每次洗完澡，我都要喝药，因为害怕感冒。

在这个小房子里度过了一年零三个月。我和左先生几乎用了全部的积蓄把新房子简单装修了一下，房子是之前买下的，左先生的爸妈给添了几万块。我们买不起太大的房子，也买不起市区的房子，只能在偏远的郊区买了一个小两居。装修的过程也很纠结，因为手里的钱实在有限，为了省钱，很多东西都是从淘宝上买来的，我们所有的灯加起来只花了九百块，当我们知道这个价钱只够在店里买一个吊灯的时候，真的是乐开了花，感觉赚大了。

没有一段爱情是不辛苦的。爱情可以甜蜜，但绝不轻松，两颗心在不断接近的过程中，总是会不断重复着伤害，被伤害，复原，再次伤害，这样的过程总要走很多遍，才能慢慢拉近彼此的距离。

而爱情一旦和生活扯上关系，辛苦更是翻了无数倍。很多人都是因为无法抵挡生活的艰辛，所以才放弃了爱情，因为一个人的生活远比两个人的生活更加容易、好过。

所以，那些说"我不是不爱了，而是累了"的人，是不会得到爱情的，因为爱情从来都属于勇敢、坚韧的人。

想象出来的浪漫情节

电视剧和小说里的浪漫情节,总是能让许多女孩子,开始幻想那些浪漫情节都发生在自己身上会是怎样。

每个女孩都有一个公主梦,都希望自己的男朋友是白马王子,骑着高头大马来到自己身边,为自己穿上水晶鞋,许下一生一世的诺言。每个女孩都喜欢浪漫,最起码我认识的女孩子,没有一个不是这样的。

小米是我的大学同学,看上去是一个漂亮文静的女孩子,却操着一口东北腔,让人总觉得声音和画面不在同一个频道上。让我们所有人都好奇的是小米的恋爱史。

大家都喜欢听小米讲她的恋爱史,那时,她已经有过两段刻骨铭心的恋情。小米是一个韩剧迷,她在宿舍里狂笑的时候,走廊里都能回荡着她的魔音,她哭得一把鼻涕一把泪的时候,据说满桌都是她用过的纸巾。这似乎也奠定了小米喜爱浪漫的基础。

小米说,她和第一任男朋友分手的时候,她从楼上扔下他们的定

Chapter4　如果走着走着就不爱了

────写给总是分手的你

情戒指，而他的男朋友就在楼下的草坪里一直摸索着寻找，整个下午都在那里找，当时正值炎夏，他的白色T恤已经湿透贴在了身上。小米说，她当时很感动，于是决定不分手了。

小米的第二任男朋友和第一任男朋友是好朋友，当时，他们一起到第二任男朋友家小聚。小米去洗手，她的第一任男朋友恰好也去洗手，因为有些尴尬，小米欲走，却一下子被拉了回来，第一任男朋友强吻了她。小米说，那个时候，她觉得自己的第一任男朋友简直太MAN了。

后来，小米一直幻想能够拥有一段超越前两次恋爱的浪漫恋情。

大二的时候，小米终于等来了自己的恋爱。那是她唯一一次一个人去食堂吃饭，回来的时候，她手里拿着一个小纸条，她像炫耀战利品一样向我们炫耀。她说正吃饭呢，一个男生拿着一个纸条，扔到她的桌子上就跑了，她打开一看，上面写着那个男生的联系方式，有电话、QQ，还有班级姓名，另外还有一句话："注意你很久了，可以做个朋友吗？"

这么好的机会，小米可不会轻易错过，和那个男生联系上之后，便经常看见他们一起出入图书馆、自习室、操场，似乎总有聊不完的话题。没多久，两个人便确定了恋爱关系。

我见过那个男生，总觉得是个踏实可靠的男生，好像不怎么爱说话，看上去有些木讷。但是，他待人接物非常有礼貌，据说是他们系的学霸，还是学生会的什么干部。见过那个男生，总让我们觉得能够在食堂递小纸条这种事，真的不像是他可以做出来的事情。

可小米管不了那么多，她正在期待她的生日，这是他们在一起的第一个生日,小米已经做了无数次的猜想,他会设计一个多么浪漫的桥段。是在宿舍楼下摆满玫瑰,还是在学校广播台点播歌曲,抑或是带着她去一个神秘的地方?总之,小米那些天都没怎么好好上课,一直在期待着她的生日的到来。

可是,希望越大,失望就越大。小米生日那天,木讷的男生只是给她订了一个生日蛋糕,买了一盒心形的德芙巧克力,还有一束玫瑰花,据说这些提前预支了男生半个月的生活费。玫瑰,蛋糕,巧克力,按理说已经很不错了,可是,对爱情浪漫度有着超高要求的小米,还是和男朋友大吵了一架。

两个人和好之后,小米的男朋友费尽心思地讨小米欢心。每天为赖床的小米买早点,替小米查资料写作业,考试的时候帮小米复习,在小米生病的时候无微不至地照顾她,还有一次在小米来大姨妈的时候,帮小米买姨妈巾。我们都说小米捡到了宝,全世界唯一的暖男被她找到了,小米每当听到这些的时候还是会很骄傲的。

可这一切都无法阻挡他们的吵架。第二次大吵特吵是在圣诞节,学校里到处都是卖苹果的小贩,那些包装精美的苹果,一个可以卖到十几块。

去年的圣诞节,小米就在想,没有人送苹果好可怜。今年有了男朋友的小米可是早早就期待这个苹果了。恰好,我们的另外一位同学收到了一个水晶苹果,卡片上写着:"能吃的苹果,吃了就没有了,可我的水晶苹果一直都在,和我的心一样。"

许多女生简直要羡慕死了。小米更是如此,可是,让小米没有想到的是，她的男朋友竟然连一个普通的苹果都没有送，他们开始在宿舍楼下争吵。

"圣诞节，你怎么都不知道送我一个苹果呢？"

"圣诞节是西方的节日，我从来都不过的。"

"那你给我买一个苹果会死吗？"

"那些苹果在市场上顶多两块钱一个，加个包装卖十五块，太不值了！"

"难道我连十五块都不值吗？"

小米愤怒离开。

过年的时候，我发现小米发了一条状态："当每一次期待都变成失望，我们也就离分手不远了。"

我忽然想起来，前两天是情人节，这两年的情人节大多都赶在了春节期间，大学里很多谈恋爱的人都不能在一起过。我问小米怎么了，小米的情绪似乎还是十分激动。

"这可是我们第一次过情人节，他一直问我怎么过，我说让他自己决定。我一直期待着他说不定会突然空降到我面前，给我一个惊喜，可情人节那天，他除了说了一句情人节快乐，什么都没有做。我实在受不了了。"

小米最后还是分手了，那个我们认定的全世界唯一的暖男就这样被小米抛弃了。小米说："这只能怪他自己，我每次都充满期待等他给我惊喜，可他给我的都是失望。"

之后，小米也谈过两次恋爱，可是没有一个男生能够给她她想要的浪漫，所以他们的爱情最后都无疾而终。

可能很多人都和小米一样，总是在节日来临之时，期待着对方能够给自己惊喜，可等来的却是失望，最后导致分手。

可是，问题真的出在对方不够浪漫上吗？每个女孩子身边都充斥着太多虚幻的东西，小说、电影、电视剧、那些作家和编剧编织出来的故事……这些是每个女孩都十分期许的梦境。可回归现实，哪里会有那么多浪漫呢？

那些浪漫的情节无非都是我们自己想象出来的罢了，可如果为了这些想象中的浪漫而和另一半分手，那就太傻了。毕竟，所有的浪漫到了最后都会成为生活中的柴米油盐。

我也是一个喜欢浪漫的人，可左先生的木讷绝不亚于小米的男朋友。左先生的礼物永远都少不了巧克力，他除了巧克力就不会买别的。就连求婚，也是我一再要求的，甚至连戒指、花都是我故意透露给他，他生搬硬套才有的。我一开始也没有办法接受，可后来想，他就是这样一个木讷的人，自己之所以和他在一起，就是因为踏实，有安全感，可这样的人，注定是没什么浪漫细胞的。

后来，我开始慢慢教他如何制造浪漫，也会在生活里给他制造浪漫。有时候我明明已经看破，还要装着一副什么都不知道的样子，还会觉得生活，有点儿意思。

浪漫是爱情的调味品，却从来都不是必需品，不要再让想象出来的浪漫情节伤害你的另一半了，他们只是不会像你想象中的那样罢了。

要记得，调味品吃多了，是会生病的。

Chapter4　如果走着走着就不爱了
———写给总是分手的你

别在爱情里丢了自己

小初是我之前的同事，当时她是一个职场新人，每天像是打了鸡血一样工作，可惜没过一个月便疲软下来。原因很简单，她恋爱了。

小初是个性鲜明的女汉子，干练的短发，喜欢中性的服装，力气很大，轻轻松松搞定桶装水的更换。都说恋爱中的女人会变成另外一个模样，这句话用在小初身上一点儿都不假。恋爱之后的小初简直换了一个人。

先是穿衣风格上，小初之前几乎每天都是牛仔裤或是运动衫，而恋爱之后，她忽然穿上了裙子，也开始穿高跟鞋，这让很多人都大跌眼镜。小初还向我讨教化妆技巧，我说不会，她满脸的失望，然后转向别人去学。她开始做美甲，化妆，和以前相比简直换了一个人。

我问小初，怎么忽然变化这么大？是爱情把她融化了吗？

她说："或许是吧，我男朋友不喜欢我的中性风格，我就开始变身淑女啦。"

我心里有一千一万个疑问，既然不喜欢她的中性风格，那为什么当初还要和她在一起呢？尽管疑惑，可我毕竟和小初不熟，也就不方便问出口了。

不得不说，爱情真的是具有魔力，能够彻彻底底地改变一个人，让曾经的假小子，一下子成了大家闺秀。

我们的主管丽姐，却悄悄和我说："你看着吧，这两个人长不了。"

丽姐今年三十多岁，从来都不是恶毒的女人，不会随随便便地说别人坏话，我相信她的话必定是有根据的，可是，这根据从哪里来，我也没过问。

小初的改变仍然在继续，她开始留长发，她说："男朋友说了，长发是女人的特权，只有男人才会是短发。"可经历过短发留长的女人，都知道那是一段非常艰辛的过程。想要让头发长快一些，就一定不能经常打理。可短发的人都知道，短发每隔一段时间就需要去理发店打理一次，不打理的话，真的要成鸡窝了。

看着镜子里的自己，小初简直无法忍受自己那参差不齐的头发，真的如同鸡窝一样。小初在办公室里用"惨不忍睹"来形容自己。

一次下班的时候，在公司一楼大厅里，我恰好碰到了小初和她的男朋友，那是一个打扮时髦的男孩，紧身裤露着一小截小腿，酷炫的涂鸦T恤和鸭舌帽。刚想上去打个招呼，却发现两个人神色不对，好像是在吵架。

"你觉得你这个样子能去见我的朋友吗？头发乱得和鸡窝一样，成什么样子了！"男孩似乎也对小初的头发无法忍受。

Chapter4　如果走着走着就不爱了
───写给总是分手的你

"你说你喜欢长头发，我不是一直在留吗？女人留长头发就是这样的，过了这段时间就好了，如果我现在去理发店打理一下，那之前的努力就白费了。"小初在拼命解释。

"你就不能去接发吗？"

"拜托，那个很贵好吗？我现在一个月才挣多少钱啊。"

"为了我不值得吗？"小初的男朋友似乎非常理直气壮。

为了避免小初尴尬，我快步走过，总站在那里看人家吵架，似乎也很不礼貌。后来的事情我就不知道了，只知道，第二天小初的桌子上多了一个假发，每个人都拿来玩一玩，玩得不亦乐乎，小初却在角落里黯然神伤。

没过多久，小初就宣布自己分手了。大家都觉得十分诧异，一个被爱情的魔力改变了那么多的女人，怎么说分手就分手了呢？小初没有说是什么原因，只是那段时间一直很低沉，大家聊天的时候，她也只是在一边低着头发愣。

过了几天，小初似乎想开了，满血复活，投入到工作当中。小初又变回了原来的小初，穿牛仔裤、运动鞋、简单T恤，又把头发剪回到了原来的样子，又成为了那个干练的女汉子。

丽姐问我："觉得小初现在和恋爱的时候有什么不一样了？"

我说："恋爱的时候，小初笑的时候总是那么不自信，而现在笑起来很阳光，也自信了许多。"

丽姐笑了笑："这就是她分手的原因。"

小初分手大概过了一个多月的时间，又开始投入到了下一场恋爱，就在大家都期待，那个温柔的大家闺秀又会回来的时候，小初却让大家失望了。她还是保持着原来的样子，脸上的笑容仍旧是自信的、阳光的。

有好事的人问小初："小初，你这次的恋爱魔力太小了噢，你竟然一点儿变化都没有。"

小初回答说："因为我男朋友就喜欢我这样的啊，干吗要有变化。"

有些人并不看好小初的这段恋爱，总觉得一点儿变化都没有，说明小初并不爱这个男朋友。可小初一直没有分手，据说两个人还见了家长。

后来，熟悉了之后，小初和我说，她之所以和之前的男朋友提出分手，是因为男朋友竟然叫她去隆胸。

刚分手的那段时间，小初一直很消沉，后来，她收到了丽姐发给她的一条微信，简简单单一句话："别在爱情里丢了自己。"

小初茅塞顿开，顿时豁然开朗，开始重新生活，因为她很确定，之前那个男人根本不爱自己。而谈到现在的男朋友，小初满脸都是幸福，她说之所以选择他，是因为他喜欢的是她这个人，不需要她做任何改变。

很多人都觉得愿意为爱情而改变的人才是真正付出爱的那个人，可是，这样的改变真的是必要的吗？

就像小初，小初并不是什么淑女和大家闺秀，她却因为男朋友喜欢，去努力成为一个淑女，可男朋友喜欢的终究是淑女，而不是小初。你可能会问，如果小初变成彻头彻尾的淑女，不就可以成为男朋友喜欢的类型了吗？可我也想问，如果变成彻头彻尾的淑女，那小初还是小初吗？

在爱情里，很多人都会以爱的名义对对方进行绑架，如果你爱我，你就应该为了我去改变自己，如果不改变，那说明你不爱我。很多人都觉得这是正确的理论，可是，难道这不是因果倒置吗？如果爱一个人，应该是爱上这个人的一切，为什么还要去改变呢？

爱情的确可以改变一个人，但这种改变是精神上的改变，它可以让一个人充满斗志，为了两个人的幸福去努力奋斗，也可以让一个人充满自信，不断努力创造更多的价值，还可以让一个人从灰暗走向光明，从消极走向积极。没有人可以在爱情里一成不变，但所有的改变都是精神上的，而并非外在的东西。

有很多人会为了另一半做出改变，可是，却忘了问问自己，改变之后，那个人还是自己吗？对方喜欢的人，是他设定好的假想对象，还是自己呢？

如果你谈过几次恋爱，都以失败告终，可以回首过去看一看，是不是自己不知不觉就开始为了对方而改变呢？最后连自己都不认识自己了。

别在爱情里丢了自己，耐心一点儿，你终究会等到那个人，他不需要你做出任何改变，因为他爱的就是那个最真实的你。

真正的爱，从不计较得失

恋爱中的两个人应该是平等的。

这是几乎所有人都十分认同的，大家都认为爱情是建立在平等的基础上，可是，有谁谈过一场平等的恋爱呢？

我的一位同事小A就是一个平等主义者，她总说她不是女权主义，她只要平等，平等就够了。

小A的恋爱是一场异地恋，她的男朋友远在上海，两个人是怎么认识的，我无从知晓，我只知道小A爱得很深，深不见底。

异地恋最辛苦的是见面，最甜蜜的也是见面。小A的男朋友在上海有一份高薪工作，高薪也就意味着忙碌，他忙得晕头转向，几乎顾不上小A。

小A也是个傻女孩，我有一次问她，他们是怎么在一起的。小A笑得很开心，她说当时两个人只是朋友，男孩缺钱需要一笔资金进行周转，小A二话没说，东拼西凑就把男孩需要的钱打过去了，男孩非常感动，他觉得小A老实、靠谱、善良、单纯，马上对她展开攻势，

Chapter4　如果走着走着就不爱了
——写给总是分手的你

小A原本就喜欢男孩，很快就"沦陷"了。

两个人维持异地恋已经一年多了，因为小A的男朋友实在太忙，每次见面，都是小A飞过去看望他。小A薪水不高，每去一次就要勒紧腰带过上好一阵子，她又倔强，不喜欢接受男孩的钱，于是就这样一直忍着。

小A不止一次提出，让男朋友过来看她，她总说自己的恋爱好像是虚幻出来的一样，因为没有人见过她的男朋友。有一次，小A很兴奋地告诉所有人，她的男朋友要来了，为此，她团购了很多东西，电影票、餐厅券、海底世界乐园的门票、摩天轮的门票……

可小A准备了那么多，却没能等来她的男朋友，原本是买好了飞机票的，可是，她男朋友有些发烧，烧得迷迷糊糊的，也就没有过来。小A很想发脾气，可是毕竟男朋友生病了啊，这也不能完全怪他，她只好默默买了飞机票，飞去男朋友那边，去照顾他。

第一次听到小A开始吵架，是在小A刚从上海飞回来的时候，据说是为了度过他们恋爱一周年纪念日，回来之后，小A便在电话里喋喋不休地念叨。

"凭什么每次都是我去看你？你就不能来看我一次吗？每次都是我来准备这个，准备那个，你呢？你准备过什么？一周年的纪念日，你竟然临时开会，让我一个人在酒店里等了一整天！好不容易等到你回来，你竟然连礼物都没有给我准备！"

小A反反复复地说着这些话。我们大概也猜到了，一周年纪念日，小A满心欢喜地飞过去和男朋友过纪念日，没想到男朋友临时开会，让小 A 一直待在酒店里，原本以为男朋友精心安排了纪念日，却没想到扑了个空，他甚至连礼物都没有准备。

这件事后来不了了之，小 A 和男朋友重归于好，她还是会在没事的时候发微信，晚上打电话，偶尔坐飞机过去看望男朋友。可是，我们都发现小 A 的激情在慢慢退却，好多次，都听到她在电话里说："你就不能对我好一点儿吗？每次都是我……"

小 A 偶尔也会想自己干脆去上海工作好了，可小 A 的男朋友不允许小 A 过去，他说上海的生活节奏太快，压力太大，不适合小 A 这样的性子，等他闯出自己的天地，再让小 A 过去。小 A 干脆说："那你来天津吧，这边生活压力没有那么大。"男朋友也不乐意，他舍不得自己已经打好的半壁江山。

一年多时间里积累的怨气在慢慢膨胀，小 A 的男朋友似乎也有些忍不住了，终于两个人在同一天爆发。

"我就问你一句话，我让你来看我一次，到底行不行？"

"我都说了，这个月真的没时间。"

"没时间，你总说没时间！你就不能为了我牺牲一次吗？我去找你也不是每次都有时间啊，还不是被领导骂，还要勒紧腰带过日子，你就不能多考虑一下我的感受？"

"又不是我叫你做的，是你自己乐意！"

小 A 哑口无言，她怎么都想不到自己所付出的一切，在男朋友的眼里竟然都是一厢情愿，都是活该，都是自找的！

其实，小 A 的男朋友只不过是听了太多类似的话，已经开始疲倦，

Chapter4　如果走着走着就不爱了
——写给总是分手的你

这才说了那么狠心的话，他后来为了这些话向小 A 道歉，只是感情不能挽回了，因为他说他累了。

我听到小 A 在电话里大声嚷嚷："你累了？你做什么了，你喊累？每次都是我飞过去，我安排一切，你什么都没做，你还好意思喊累！"

最后，小 A 还没有发泄完，那边就挂了电话。或许是爱得太深，小 A 试图挽回过，可她的男朋友始终不愿意回头。困在爱情里的两个人，就好像在拉皮筋，狠心放手的那个，永远不会被弹疼，而舍不得放手的那一个，就只能等待着被弹疼。

这段感情把小 A 伤得很彻底。她大哭特哭："我要的不多啊，我要的只不过是平等，平等而已。"

可是，小 A 不知道，爱情原本就没什么平等可言，在爱情里，付出多的那一个，永远没有资格提"平等"两个字。爱，那就心甘情愿，只有不爱，才会去要求平等，就像是一场买卖关系，里面不涉及感情，才会有一分钱一分货地讲道理，否则，哪里会有平等？

经历过世间沧桑，可能有些人会发现，那些能够相濡以沫的夫妻，总是会有付出多的一个和付出少的一个，感情之所以能够长久，有一个最根本的原则：付出多的不计较，付出少的会感恩。

我和左先生谈恋爱的时候，也遇到了同样的情况，那个时候我还在上学，而左先生已经参加工作，且处于工作的上升期，一直很忙，我们在同一座城市里，却总感觉像是异地恋一样，时常碰不到面。

那个时候，我用为数不多的稿费给左先生购置着一切生活必需品，从袜子、护肤品到衣服、鞋子，我在我力所能及的范围内为他做一切。

我们看的每一场电影都是我团购电影票，然后去电影院换票，然后等着他的到来；我们去每一个地方玩也都是我查好地图和攻略，买好票，然后等着他的到来。我也会时常感觉不公平，总觉得这一切应该是男朋友来做的，而我们却正好相反了。

我的一次爆发是在我的生日之后，我生日那天，左先生仍然需要上班，只有下了班才可以过来。我自己跑去蛋糕店，替他给我自己买了一个蛋糕。我还在网上团购了火锅，请我们宿舍的朋友吃饭。就差替他给我自己买生日礼物了。

生日过完，我一直觉得很委屈，感觉像是自己自导自演了一场戏。结果他说错了一句话，已经不记得他说了什么，总之让我很气愤，于是便和他大吵了一架。

后来，羊妞儿说："这个事情，谁有时间谁去做啊，他那么忙，本来就应该是你啊。"

好像确实是这样的，我们和解，然后一直走到现在。直到现在这些浪漫的事情都是我来做，因为我的时间比较自由，而左先生自然是负责赚钱养家了，现在觉得这样没什么不好。

爱情里本来就没有什么绝对的公平，男人和女人也没有什么可比性，并不是这件事男人该做，那件事女人该做，两个人找到一个和谐的交叉点，这才是重要的。

爱情如此，亲情和友情更是如此，不要找寻所谓的平等，真正的爱，从来不计较得失。

缺少信任，总不会走太远

"遇到这样的男人就嫁了吧"，"一个好男人的标准"，"一个男人爱不爱你，看这些"，"好女人，应该做到这些"，"你的女人是这样的吗？"……自从有了朋友圈，这一类的文章可谓多得数不胜数，有时候，甚至能被几个人同时转发的一篇文章刷屏。

上大学的时候，我也经常喜欢看这一类的文章，偶尔也会思索：到底我的真命天子是不是符合这些所谓的标准。

我的好友双鱼小姐是非常喜欢看这种文章的，双鱼小姐是双鱼座，喜欢幻想的双鱼座，总是沉浸在自己的梦境里不愿意醒过来。

双鱼小姐的男朋友是她的高中同学，我始终觉得从同学发展而来的恋人关系会更加靠谱一些，毕竟和同学朝夕相处，总会比其他相处模式要多了解一些。可双鱼小姐完全不这样认为，她总是会说："谁知道我不在的时候，他又是什么德行呢？"

在我的朋友圈里，双鱼小姐经常会分享类似文章开头我提到过的那些文章，她看这类文章的时候异常认真，逐字逐条对照，生怕错过什么重要信息。

有一次，她拿着一篇文章来找我，标题是《你的男友做到这些，就赶快嫁了吧》。

里面有一些内容是这样的：

"爱你的男人，会在旅游时给你带一份礼物，因为他时时刻刻都在惦记你。

爱你的男人，会在朋友圈里发你的照片秀恩爱，因为他想告诉全世界这个是我的女人。

爱你的男人，会在街道上停下来为你系鞋带，因为他爱你就不会在乎别人看他的目光。

爱你的男人，会把他聊天工具的秘密告诉你，因为他不想对你有任何隐瞒。

……"

我相信很多女人对这样的文章都是没有抵抗力的，文章文采飞扬，既温暖温情，又不过分矫情，好像就是一个把女人捧在手心里的普通男人形象。双鱼小姐拿到这篇文章的时候，顺便拿出了笔，看一条就在旁边写一条，最后，她把笔扔掉了。

我问她怎么了。

她说："我现在开始怀疑，这个男人到底爱不爱我呀？他的朋友圈从来不发关于我的任何东西，也从来没给我系过鞋带，更别提出去带礼物了，我也不知道他的密码，总之，没有一条符合的！"

我劝她不要太当真，可她还是气急败坏地去约会了。那天之后，双鱼小姐和男朋友大吵了一架，冷战了一个星期。

随后到来的双鱼小姐的生日总算是帮了一个大忙，男朋友为她精心准备了生日礼物，双鱼小姐总算是和男朋友和好了。但是，借着生日的机会，双鱼小姐要求男朋友在朋友圈发一个生日的合影。男朋友一开始是极为不情愿的，可见双鱼小姐的最后防线马上就要崩溃，不得不同意。

在这之后，双鱼小姐的男朋友或许觉得灾难已经过去了，可是似乎是尝到了甜头，双鱼小姐致力于把自己的男朋友打造成文章里的完美男友，于是展开了一系列的行动。她要求男朋友为自己做这个，做那个，双鱼小姐的男朋友是个老老实实的男人，十分听话，虽然不情愿，可还是会照做。

双鱼小姐在文章里又看到了一句精妙绝伦的话，那就是："在一个爱自己的男人面前，女人永远不需要长大。"双鱼小姐开始把这句话奉为圣旨一般，天天捧着念着，并且把这句话当成了自己的免死金牌。

双鱼小姐偷懒不上班，被男朋友训斥，双鱼小姐反驳说："我干吗要上班，难道这个时候你不应该说一句别上班了，我养你之类的话吗？"双鱼小姐玩游戏玩到很晚，男朋友没有理会她，她又开始发牢骚："难道你不应该告诉我要早睡早起，不然对身体不好吗？"

两个人吵架的次数越来越多，又一次吵架。

男朋友大吼："你不要总像一个孩子似的，行不行？"

双鱼小姐理直气壮地说："为什么行？你爱我，难道不应该把我宠成一个孩子吗？"

男朋友说双鱼小姐幼稚，双鱼小姐在气头上说了分手。原本也只是吵吵架而已，可是，双鱼小姐在这个节骨眼儿上，发现了一个秘密，那就是生日那天让男朋友发的那条秀恩爱的状态，男朋友已经删除了！

这个秘密让双鱼小姐忍无可忍，她随即便决定分手，再也没有商量的余地。

所有人都劝她，为了一条朋友圈的状态至于吗？双鱼小姐十分肯定地说："那不是一条状态的问题，那是他的态度问题，他是敷衍我才发了那条状态，后来就删除了，说明他根本不爱我，他不愿意让他的朋友们知道我这个人的存在。"

一些人觉得双鱼小姐说得有道理，都支持双鱼小姐的决定，双鱼小姐也觉得自己甩掉一个不爱自己的人，虽然难过，可也没什么好留恋的。

双鱼小姐还是喜欢看那些文章，总是会抱着雷锋的态度，把这些文章分享给广大的女性同胞们，好让大家鉴别身边的人到底爱不爱自己。她始终没有怀疑过自己这样做是不是对的。

分手之后，双鱼小姐又开始谈恋爱了，她找到了一个自认为像是那些文章里写的男人那样的人，开始奋不顾身地投入到这场恋爱中。可一段时间之后，她又开始仔细研读那些文章，好像觉察到哪里不对劲儿。

我问她："你的男朋友爱你的话，你没有感觉吗？"

双鱼小姐很肯定地回答我："有感觉啊。"

"那你为什么总要拿这些文章去试探他呢？你有感觉不就行了吗？"

"可是，我总觉得他爱得还不够，所以，我还是要试一试，看他符合不符合。"

双鱼小姐反过来问我："你的左先生在朋友圈秀过恩爱吗？"

我说："没有。"

她接着问："你的左先生会在旅游的时候给你买礼物吗？"

我说："很少。"

"你的左先生会把你当小孩子一样宠着吗？"

我说："他很宠我，但绝不是像小孩子一样。"

她瞪大眼睛看着我："难道你都可以容忍吗？"

"偶尔也会生气难过。但是，每当我想到因为左先生的存在，我成为了越来越好的自己，我就无比坚信，他是世界上最爱我的那个人。"

是的，我偶尔也会看那些文章，也会觉得左先生不够爱我，我甚至也像双鱼小姐那样强迫左先生在朋友圈里秀恩爱给他的朋友看。可是，我后来发现这样很愚蠢。如果每个男人都像是文章里写的那样，那天底下的男人都一样，还有什么意义呢？

世界上没有完完全全相同的两个人，每个人都有自己的表达方式，男人也好，女人也罢，大家都在用自己认为对的方式去努力爱对方。男人表达爱的方式是不一样的，你可能觉得那些把自己的女人捧在手心的男人才是真正的爱人，可是那些放手让自己的女人不断变得强大和坚强的男人，就不是真正的爱人了吗？同样是的，因为他们知道自己不可能永远守护着自己的女人，他们希望自己不在的时候，女人也不会受到任何伤害。你能说这两种人谁对谁错吗？

所以，我怀疑，写那些文章的肯定都是女人。

已经不记得是谁说过这样一句话了，说："如果一个人爱着另外一个人，那么，被爱的这个人肯定是有感觉的。"如果对方爱你，你就一定能够感受得到，又何必用一些取悦大众的标准去试探对方呢？

我始终相信，如果自己被爱着，就一定会沉浸在幸福里，肯定是有强烈的感觉的，这种感觉是那些所谓的恋爱指南文章没有办法给予的。如果总是怀疑对方不爱你，那对于对方而言，是一种莫大的伤害。

相爱，就是相信两个人彼此都爱着对方，缺乏这样的信任，这段感情也不会走得太远。

自己爱着，同时，相信自己被爱着，这也是一种爱的能力。

Chapter5

婚姻，需要足够的勇气和智慧
——写给即将迈入婚姻的你

婚姻这个门槛，有的人站在门外远远地观望，有的人毫不犹豫便迈进自己的脚，有的人却谈虎色变，始终不愿意踏进这个门槛。即将迈入婚姻的你，是冲动？还是思虑良久的决定？是因为结婚而结婚，还是因为爱而结婚呢？不一样的心态，会有不一样的结局。婚姻这件事，说大不大，说小不小，问问自己，准备好了吗？

Chapter5　婚姻，需要足够的勇气和智慧
　　　　——写给即将迈入婚姻的你

结婚，你准备好了吗

　　当我在朋友圈里宣布要结婚的时候，一个朋友在下面评论说："恭喜你敢于迈出这一步。"我们后来私聊的时候，她告诉我说，她一直不敢结婚，每次男朋友说想要结婚的时候，她都吓得想要逃跑，就因为这样，他们已经分手两次了。相亲的时候，一旦对方说了"结婚"二字，或者问她对于今后的婚姻有什么看法，她立刻回绝掉，害怕一旦相亲成功，就会被逼婚。

　　很多人觉得她不可理喻，可是，我也经历过不想结婚的时候，明白那是一种怎样的心境。我觉得决定结婚的人分为两种：一种是对婚姻无知的人；一种是勇气十足的人。

　　这个年代，绝对是一个恐婚的年代。

　　我的朋友中，逃婚的有两个，一个是矫情小姐，另一个就是飞飞。矫情小姐是已经定好了结婚的日子，结果两个人谈崩了，没有结成，又过了小半年才结婚。而飞飞是一直不敢结婚，每次男朋友想要结婚，或是家里人催促结婚时，她就玩失踪。

说到飞飞的男朋友，还真的是没有什么可以挑剔的，一米八的身高，不胖不瘦，长得算不上是个美男子，和帅也是可以沾边的，工作稳定，对飞飞也是十分贴心。

所有人都说飞飞上辈子应该是拯救了银河系，才换来大帅这么一个完美男友。

飞飞和大帅在一起已经两年有余了，大学里互相爱慕，直到大四才表白，抓紧时间谈了一场学生恋。他们打破了毕业就分手的魔咒，一路从找工作到工作稳定，摸爬滚打到现在。两个人都生活在一座城市里，似乎也不存在两地跑的问题。所有人都觉得，两个人该结婚了。

第一次大帅提出结婚，飞飞就和大帅吵了一架，每次吵架都是大帅先低头，这一次也不例外。可飞飞似乎受到了惊吓，一再问大帅，是不是非要结婚，大帅一开始还是模棱两可地回答，最后实在忍不住了，说："早晚都是要结婚的呀。"飞飞听完这话，立即崩溃了，第二天便不见了人影，买了火车票，直奔哈尔滨。当时正值冬天，是看冰雕的好季节。

好在飞飞投奔的大学同学在第一时间通知了大帅，大帅的心这才放下。因为没有准备，也没想到冬天的哈尔滨竟然那么冷，站在冰雕面前，飞飞的腿不听使唤，直打哆嗦，飞飞后来形容说，当时冷得流出来的鼻涕都能立刻冻成冰。她一边抽着鼻涕，一边抹着眼泪给大帅打电话。

"你以后能别说结婚的事儿吗？"

"不说了，不说了，你快点儿回来，要不然我去接你？"

大帅的妥协，换来了飞飞的归来，至此，大帅再也不敢提"结婚"两个字。

第二次提到结婚的人是飞飞的妈妈，飞飞的妈妈已经退休在家，每天晚上和一帮老太太跳跳广场舞，也十分自在。大妈们在一起能说些什么呢，还不就是儿女那些娶啊嫁啊之类的事儿。许多大妈都问飞飞妈妈："你家飞飞怎么还不结婚？"问得多了，飞飞妈妈也开始着急了，就问飞飞："你也老大不小了，到底怎么想的，什么时候结婚啊？"

到底是自己的亲妈，一听这话，飞飞立即火冒三丈，说妈妈多管闲事，说自己不是亲生的，说妈妈是不是巴不得早点儿摆脱自己这个麻烦精。飞飞妈妈也急了，母女俩吵了起来。飞飞夺门而去，找大帅诉苦，大帅可是一句话都不敢说，生怕飞飞把所有的气都撒在自己头上。

"你怎么一句话都不说啊？"飞飞急眼了。

"让我说什么啊？那个人可是你妈妈，我也不好说什么啊。"大帅满脸无辜。

"我就知道你们都是一个鼻孔出气的，巴不得我赶紧结婚！"

飞飞一气之下，又走了。有了上次的教训，飞飞不敢再投奔同学了，只身一人去了北戴河。当时正是夏天，是北戴河旅游的最佳季节，人多得不行，她好不容易才找到一个没有住满的酒店。

一个人在海边，看着蜂拥而至的人，如同下饺子一样，飞飞并没有什么旅游的心思，她只是想逃离，逃到没有人逼婚的地方。

可是，飞飞的离开吓坏了大帅和家里人，因为没有人能联系上她，大帅以为飞飞像上次一样，只是闹闹情绪就算了，可没想到她这次动真格的，竟然还关机了。

大帅挨个给同学、朋友打电话，大家都说没有见到飞飞，大帅急坏了，差点儿就去报警。就在他想报警的时候，警察给他打电话了，原来飞飞在北戴河被人偷了钱包，身份证、银行卡和钱都被偷了，她只好报警，求助警察。

借用警察的电话，大帅和飞飞说上了几句话，飞飞在电话里哭了，哭得稀里哗啦。大帅立刻买了最早一趟去北戴河的火车来到了北戴河，找到了飞飞。

飞飞扑进大帅的怀里，一把鼻涕一把泪，好像受了多大的委屈似的。

在回去的火车上，大帅诚恳地说："飞飞，你一个女孩子跑出来多危险，有话好好说行吗？你自己又胆小，从来没一个人出来过，又是路痴，你离开我生活都不能自理，咱就别逞能了，行不行？"

飞飞知道这次自己做得确实有些过分，也没有说什么。

看着外面的景物不断飞快闪过眼帘，飞飞忽然抬起头对正在泡面的大帅说："咱俩结婚吧？"

大帅听到这话差点儿把手里的泡面扔了："飞飞，你说啥？"

"我说咱俩结婚啊。"飞飞把头转向了窗外。

飞飞说，她其实并不是不想结婚，而是害怕结婚以后的事情。飞飞一直觉得婚姻就是爱情的坟墓，两个人一旦真的扯了证，以一个家庭为单位生活在这个世界上，她觉得一切就变了。

Chapter5　婚姻，需要足够的勇气和智慧
------写给即将迈入婚姻的你

大帅后来也很坚定地告诉飞飞，婚姻里爱情肯定会变，但是他可以保证还是一如既往地爱她，这一点是永远不会改变的。

当然，飞飞从不怀疑大帅说的话。一个电话就能招之即来的男人，是不会错的。

我们都问飞飞，为什么恐婚到每次都逃跑，却突然同意结婚了呢？飞飞捂嘴偷笑，她说自己是世界上最愚蠢的人，她是一个连毛毛虫都害怕的胆小鬼，一个路痴，一个甚至生活不能自理的人，竟然两次离家出走，这样的勇气都有了，为什么就没有勇气结婚呢？

在这个年代，对于女孩子而言，结婚真的需要非同一般的勇气。婚姻的存在，对女孩的生活改变最大，我们必须从自己生活了二十多年的家庭里，去另一个陌生的家庭里重新开始生活。

每个人都喜欢在自己习惯的世界里生活，无论男女，而结婚却偏偏要女孩子去接受陌生的世界，这似乎真的有些残忍。就说我吧，结婚时，需要认的那些亲戚，七大姑八大姨的，把我搅得头昏脑涨，那几天真是战战兢兢的，生怕叫错了人出丑，生怕没有理会亲戚而让人批评没礼貌。在老家所有的事情办完之后，我几乎是逃也似的回了天津。

但是，婚姻对于男人来说，同样是残忍的。因为疼爱自己的妻子，他一定要想尽一切办法让妻子融入自己的生活里，在这段新的关系里，充当一个调节器，一旦调节不好，那可就是两面受气。而婚姻对男人而言，更多的是责任，养家说起来容易，可真正做起来，也只有真正做的人才知道个中滋味。

你可能会问，既然这么残忍，那为什么还要结婚？

我结婚之前，我的一位表姐告诉我说，书里有一段是这样说的："人生来就是要受苦的，之所以要找一个人共度一生，是为了共同分担苦难，让原本苦涩的人生因为另一个人的出现，变得不那么苦了。"

我相信改变残忍的唯一途径，那就是坚定的信念，和对这个世界矢志不渝的爱。

Chapter5　婚姻，需要足够的勇气和智慧
——写给即将迈入婚姻的你

跨得了距离，跨得了人心

我并不看好异地恋。

正常交往的男女，总会因为这样或那样的问题发生矛盾，甚至分手，更何况连面都见不到的异地恋，发生了问题，不能当面解决，任由矛盾不断积累。所以，很多异地恋的恋人会分手。

我常常会对异地恋的人说，微信也好，QQ也好，电话也好，看得见打的字，听得见说的话，却看不到对方的表情和神色，所以，别因为一两句话就吵架。

羊妞儿是我心目中异地恋的最佳典范，没有之一。

羊妞儿是我的舍友，也是大学时代的闺密。她的恋爱，我们始终看在眼里，疼在心里。一个在天津，一个在山西，距离很远，两个人见一面真的不容易。羊妞儿也不喜欢异地恋，可恋爱来的时候，谁也挡不住，她就这样恋爱了。

他们差不多每个月见一次面，偶尔是男朋友过来找羊妞儿，偶尔是羊妞儿过去找男朋友。一段时间之后，两个人的经济都有些吃不消

了。来回的火车票就要几百块，加上住酒店的钱，两个人又都是吃货，在吃上非常讲究，每次见面都是建立在庞大的开销上。可这仍然没办法阻挡两个人的见面，从小没吃过苦的两个人，都开始做兼职。

有一次，羊妞儿把我拉到了学校教学楼前的喷泉广场，一个劲儿地说："我想他，我想去找他。"

因为她的男朋友过两天有一个考试，非常重要的考试，她想当面给他鼓励，更重要的是，她真的很想他。

羊妞儿是一个心思缜密的女孩子，她想到自己如果突然过去，会不会打扰到他，影响他复习的时间，因为好不容易见一次面，他肯定要陪自己，会不会让他分心。我们在喷泉广场坐了很久，她一直在纠结，到底要不要去。

那个时候，我能感受到羊妞儿有多么难过，男朋友有重要的考试，自己不能当面给他加油打气。可我不知道如何安慰一个异地恋的女孩子，也不知道如何帮助羊妞儿做出这个选择。我唯一可以做的就是陪着她一起纠结。

羊妞儿最后没有去，因为她觉得会打扰到男朋友复习，在自己的思念和男朋友的考试中，她选择了男朋友的考试。

他们的联系工具就是电话，微信也用，只是不如打电话方便快捷。羊妞儿有两个手机，我们给其中一个取名叫做恋爱专线，那部手机只接听恋爱来电，几乎不做他用。每天基本在固定的时间，羊妞儿就会出去打电话，一段时间之后，羊妞儿兴奋向给我们展示，她左手的肱二头肌竟然比右手还大，她说这是因为她习惯用左手拿手机。

有一次，羊妞儿和男朋友在电话里吵架，吵完之后，她心力交瘁地坐在自己的床铺上，她说："蕾蕾，我要是分手了，我就再也不会异地恋了，太累了，累成狗。"可羊妞儿虽然嘴上这么说，但还是一如既往地投入到恋爱的怀抱，继续这段"累成狗"的爱情事业。

那段时间，我和左先生偶尔也会约会，每次左先生来学校找我，我都偷偷摸摸地去。生怕羊妞儿知道我去约会，她心里不好受。偶尔也会想鼓起勇气告诉羊妞儿，要不然别谈了，这么辛苦，何苦折磨自己呢？可我不敢。每次羊妞儿吵架之后，都会像打了鸡血一样，迅速调整状态，投入异地恋的怀抱，她好像一个美少女战士，要代表月亮消灭所有干扰异地恋的"坏人"。

大四的时候，羊妞儿的男朋友去了德国，他的学制就是如此，前三年在中国本校，最后一年去德国。原本就辛苦的异地恋变成了更为辛苦的异国恋，这又给羊妞儿的恋爱增加了难度，不仅要忍受相思之苦，还要忍受着时差。

就在男朋友去德国的同时，羊妞儿面临着一个更大的问题，那就是考研。如果考研，继续读下去，这就意味着男朋友从德国回来，他们还要继续一段长达三年的异地恋时光。是结束这段辛苦，开始正常的恋爱模式，还是继续求学，继续忍受异地恋呢？

羊妞儿的身上总是会有那么一股韧劲儿，她拼了！决定考研，不管未来怎样，她都要积极向上，成为更好的那个自己。

这样的选择，让大四这一年成为羊妞儿最辛苦的一年。她原本是一个不能早起的人，起得太早就会头疼，可她硬是把自己逼成了一个早起晚睡的女超人。为了考研，也为了适应德国的时差，她必须早起。大四这一年，毕业论文把大家搞得焦头烂额，羊妞儿不仅要忙自己的毕业论文，还要安慰、鼓励远在德国的男朋友一定要通过德国的考试。

这一年虽然最辛苦，但是也是让羊妞儿收获最多的一年，她和男朋友一起成长，我常常听到他们互相讨论价值观，互相加油打气。为了彼此，他们都在努力成为那个更好的自己。

羊妞儿的辛苦带给了她越来越苗条的身材，简直羡煞旁人，每当别人羡慕羊妞儿那么瘦的时候，我都会默默地心疼，这女孩子的辛苦，有几个人看得到呢？

所有的努力最后都变成了美丽的果实，羊妞儿以优异的成绩考上了北京师范大学的研究生，而她的男朋友也在德国顺利毕业，回到了祖国的怀抱，确切地说，是回到了羊妞儿的怀抱。

两个人团聚了一个暑假，羊妞儿就去北京开始读研了，她的男朋友留在山西工作，他们又开始一段新的异地恋。从异地恋，走向异国恋，从异国恋，又回归到异地恋，只是，羊妞儿对自己的爱情又多了一些自信，这么久都挺过来了，还在乎多一个三年吗？

在我的婚礼上，羊妞儿临时被我抓来做伴娘，她和我讨论装修的事情，我才知道，原来他们两个人准备结婚了。多年的异地恋终于要修成正果，还真是让人觉得欣慰。

我很早之前就想把羊妞儿的故事写出来，可是总找不到合适的契机，这次终于有了。谁说异地恋不可能，我们家羊妞儿还异国恋呢！

每当听到别人说异地恋不可能的时候，我都会很骄傲地告诉他们，我认识一个朋友，他们异地恋、异国恋都经历了，现在要结婚了。

真正相爱的两个人从不会在距离上计较什么，真正应该计较的是人心。只要你心中有我，我心中有你，距离又算得了什么呢？

异地恋自然辛苦，可不是异地恋的人，也同样辛苦啊。两个人彼此惦念、安慰、鼓励、扶持，本身就是一件很辛苦的事情，关键是为了彼此，能不能忍受这样的辛苦，并在这样的辛苦中迸发出一个新的自己。

有些人跨得了距离，却跨不了人心。若跨得了人心，距离也就可以忽略不计了。

祝愿天底下所有的有情人，都可以跨得了距离，跨得了人心。我想，这应该是世界上最好的祝福。

别小看时光的力量

　　这是一个什么都讲究"快"的时代,人们似乎每天都很忙,忙着这个,忙着那个,好像连谈恋爱的时间都没有了。这个时代也催生了许多"快"的产物,比如快餐,比如闪婚。

　　没错,现在闪婚的人很多,而且呈现出越来越多的趋势。就连一米八都说:"说不定我哪天就闪婚了呢。"

　　时间从来不是检验感情的唯一标准,可我觉得时间却是检验感情最可靠的标准。从哪里可以看出一个人可以和自己共度一生呢?对于我而言,恐怕除了时间,再无其他。

　　猫咪小姐是我之前的同事,因为她总喜欢养一些毛茸茸的小动物,我便给她取名"猫咪小姐"。猫咪小姐是大龄剩女,只是一般剩女,还没到达"剩斗士"的级别。猫咪小姐也一直走在相亲和被相亲的路上,她曾经一度以为自己这辈子要孑然一身了,也曾经说在三十岁之前要把自己嫁出去。可,谁知道真命天子就真的出现了,恰恰在她二十九岁的时候。

Chapter5 婚姻，需要足够的勇气和智慧
——写给即将迈入婚姻的你

先简单介绍一下猫咪小姐的个人情况，她是一个十足的吃货，在吃上面十分讲究，绝不将就一顿饭，但是也绝不自己下厨做一顿饭，每次都是去外面吃，只要自己喜欢，哪怕一顿饭把自己一天的工资都花掉也无所谓。喜欢奢侈品，爱花钱，猫咪小姐还有一个称号，那就是"月光美少女"。每个月的月底看到自己的工资卡里还剩下二百块钱，她就会觉得十分难受，无论怎样，都必须要把这笔钱花掉，这也是我为什么不喜欢和她逛街的原因，总是会无缘无故花掉一些完全不必花的钱。

猫咪小姐的真命天子出现得有一些太突然，第一次见面就互相有好感，第二次见面，真命天子就送给了猫咪小姐一条千足金的手链。当猫咪小姐抖着手展示她的定情物时，还真是闪瞎了我们这群人的眼。他们认识才两个月的工夫就把婚事定在了两个月之后。然后，猫咪小姐就好像换了一个人一样，开始结婚前的各种准备：装修新房、买家具家电、买首饰……那个时候，给我们所有人的感觉就是，真爱就是真爱花钱。真命天子也是大龄青年，似乎也是第一次碰到合适的，可谓一掷千金，猫咪小姐要手表，他就立即买手表，猫咪小姐要钻戒，他就立即买钻戒，猫咪小姐要项链，他就立即买项链，总之，只要猫咪小姐要，通通买，买，买。

我是一个参加婚礼必哭的人，总觉得每一段爱情走到婚姻，都是一件十分感人的事情。可参加猫咪小姐的婚礼，我却什么感觉都没有，尤其是真命天子讲话的时候，我们甚至捧腹大笑。我参加过的婚礼也不少了，每场婚礼上，新郎都是带着羞涩的严肃，没有一个新

郎像真命天子那样，感觉更像是一个段子手，来这里说了一段相声，把大家逗乐了，就完了。可猫咪小姐一个人哭得稀里哗啦，熟悉猫咪小姐的人说："嗯，她哭是因为她总算把自己嫁出去了。"我们大家笑而不语。总觉得不怎么看好这段婚姻。

从认识到结婚才四个月，如果不是因为当时没有结婚的好日子，我想会更快的。在我的定义里，这已经算是闪婚，可猫咪小姐不以为然，她说："这还叫快啊？还有一个月就结婚的呢！"对于猫咪小姐的婚姻，我们每个人自然都是祝福的，可隐约都觉得这段婚姻总有一些不对劲儿。

结果，果然不出我们所料。

花钱就是一个很大的问题。猫咪小姐爱花钱，"月光美少女"的称号可不是白得的，她原本就没有什么积蓄，结婚之后更是把工作都辞了，她所有的开销都压在了真命天子身上。而真命天子也不是什么省油的灯，没有一个正经的工作，结婚的一切开销都来自他的爸妈。谁都知道，现在结一次婚，能活活把父母榨干，婚礼举办得很隆重，买新房装修又是一大笔开销，真命天子的爸妈也几乎没钱了。

猫咪小姐觉得："我是你老婆，你必须养我！"真命天子觉得："现在也没有孩子，你还这么年轻，为什么不出去工作！"真命天子到底没有那么硬气，乖乖地去找工作，开始挣钱养家。而真命天子的爸妈也心疼儿子，他们本可以退休在家，却仍旧不能休息。

个人习惯也是问题。猫咪小姐很懒，不会做饭，不爱洗衣服，更不喜欢收拾家务。真命天子在家那也是衣来伸手饭来张口的，两个人谁也不做，饿了就出去吃，要么去真命天子的爸妈家，要么回猫咪小姐的娘家。猫咪小姐还喜欢玩游戏，尤其是晚上，一玩就玩到十一二点，甚至一两点，晚上不睡，早上不起。真命天子却是个早睡早起的人，两个人常常因为睡觉的问题吵得不可开交。

真命天子好像是个好奇宝宝，看见新鲜玩意儿总喜欢往家里搬，今天弄回一套据说历史久远的茶具，明天弄回一对核桃。猫咪小姐简直要气疯了，她直接拿着东西找自己的公公婆婆，请他们来评理。公公婆婆一般都采取息事宁人的态度，把儿子教训一顿，让猫咪小姐消消气。

和猫咪小姐出去逛街，问她新婚生活怎么样，她直摆手："别提了，要多讨厌有多讨厌。"猫咪小姐一再抱怨："要知道他是这样的人，这个也管，那个也管，该管的不管，不该管的瞎管，我打死也不嫁给他！"猫咪小姐发了一顿牢骚，这似乎是我们预料到的。

猫咪小姐辞职之后，我们就很少见面，她的近况也不是很了解，据说他们经常吵架，偶尔还会闹离婚，双方的父母一直劝和，这才没有离成。

别小看时光的力量，时光可以成全一段感情，也可以拆散一对恋人。

我和左先生相爱四年才结婚，矫情小姐和她的凤凰男也是四年，羊妞儿的异地恋、异国恋走过了五年的风风雨雨，大姐大也是经历了八年的爱情长跑。时间是考验感情最可靠的标准，如果一段感情能够禁受住时间的考验，也就没有什么是禁受不住的了。

的确有些人闪婚也能得到持久的爱情，《出发吧爱情》里的郭京飞和鲍莉认识一个月就闪婚，然后婚姻走过了十个年头。并不是闪婚不可以，闪婚也要闪对人。在这个年代，闪婚闪对的人毕竟是少数，大部分都是闪婚闪离。

我给闪婚起了一个特别的名字，叫"方便面婚姻"。快速、快捷、方便，这是方便面的特色，闪婚也是如此，能够快速解决男女问题，缩短恋爱时间，直奔主题。可是，方便面只能一时解饱，却是十分没有营养的，毕竟我们不可能吃一辈子的方便面。

你可能会说电视上那些相亲节目，不也经常有人一见钟情，牵手成功的吗？我只能说你真的太天真了，一见钟情的事情确实是有的，可再见绝情的人也绝不在少数。那些相亲节目如果继续追踪报道，成功步入婚姻的人又有几个呢？据说我同系不同专业的一位同学就上了相亲节目，并且成功牵手，她找了自己另外一位同学，只为去一趟马尔代夫而已。

这个世界上，火车可以提速，飞机可以提速，可唯独爱情没办法提速。两个人的结合是要建立在彼此了解的基础上的，而了解彼此，时间才是最好的见证。

Chapter5　婚姻，需要足够的勇气和智慧
———写给即将迈入婚姻的你

两个人，两个家庭

有人说，婚姻是两个人的事情，只要两个人足够相爱，那么便可以排除万难在一起。

因为我也是刚刚迈入婚姻的门槛，对于婚姻的很多事情，可能我并没有太多发言权。但是，我可以很肯定地说，这样以为的人必定是理想主义者，且还有一些自私。

结婚，不仅仅是接受爱情里的另一半，而是要接受他的整个家庭，这一点，你准备好了吗？

当一个男人和一个女人谈恋爱的时候，他们都是以个体的身份在谈恋爱，而一旦涉及婚姻的时候，则每个人都背负着整个家庭。

我的朋友莉莉要结婚的消息，简直是一条爆炸性的新闻，她和男朋友在一起一年多，按理说也可以结婚，可莉莉前几天还嚷嚷着婚姻是爱情的坟墓，这才没几天，不知道被谁洗了脑，突然就要结婚了。

我问莉莉为什么要结婚，她说不知道，就是特别想结婚。我问她准备好了吗？她说还用准备什么呢？反正已经同居了，结婚前和结婚

后不一样吗？我还想说什么，可莉莉显然已经不耐烦，拉着我去做美甲，因为后天她要拍婚纱照。

莉莉就这样匆匆忙忙地结婚了，莉莉老公家的条件并不好，两个人又刚刚工作没多久，所以结婚以后，莉莉和公婆一起住。

住在一起，难免会发生摩擦，就像嘴唇和牙齿，总会有打架的时候。

一开始，莉莉的公婆对她还不错，可时间久了，就不是那么一回事了。莉莉公婆十分讲究孝道，讲究一切以老人为先，就连上厕所也是如此。莉莉的公公便秘，每天早上都要在厕所里蹲上半个小时，一边占着厕所，一边听广播。好几次，莉莉都因为上厕所导致上班迟到了，更有好几次，莉莉不得不跑到外面的公共厕所去上厕所。

莉莉说能不能让公公让一让，毕竟他们小两口还要上班。为此，公公一个星期没有和她说话，最后莉莉买了一大堆的营养品给公公，这件事才算和解。

莉莉的婆婆堪称广场舞大妈典范，早上很早就去公园里跳广场舞，晚上也不忘去广场上秀一段。有时候在外面不过瘾，买来光盘在家里跳。其实，这也没什么，关键是莉莉的婆婆总要带上莉莉一起去，说让她锻炼锻炼，对身体有好处。莉莉心想婆婆也是为自己好，尽管不想去，也还是跟着去了，可谁知道自己去了，竟然就是一个小助理，总要跑腿去给婆婆买水，还要帮婆婆拎着钱包啊外套啊，有时候还要帮其他大妈买水。

坚持了一个星期，莉莉实在坚持不住了，就和婆婆说，自己晚上累了，不愿意出去了。没想到婆婆当时就翻了脸，她说："是不是觉得让你买水亏了你了？"婆婆扔下一张百元大钞，便不再理会莉莉。莉莉一通解释，也无济于事。

莉莉的老公偏偏是个孝子，对父母的话向来都是言听计从。每次，莉莉的老公都是抱着莉莉说好话，最常说的一句就是："老婆，看在我这么爱你的份儿上，你就对他们好一点儿吧，别和他们一般见识。"

莉莉知道眼下最好的办法就是赶快搬走。结婚后一年，莉莉和老公拿出所有的积蓄，又让双方老人给添了一点儿，他们总算是在郊区买上了房子。虽然住得远一点儿，但莉莉觉得这样就不会有矛盾了。

可是，一栋房子能解决的问题，那就不叫问题了。莉莉的婆婆以从小没离开过儿子为由，让他们小两口每一个星期回家一次。莉莉心想这要求也还算可以，便答应了。谁知道，搬家后第一次回公婆家，就把婆婆惹得不痛快了，原因就是两个人是空着手去的。莉莉的公婆觉得他们这是不孝顺，不孝敬老人。莉莉老公立马买了两箱纯牛奶，公婆的脸这才好看些。

在这之后，每星期回公婆家，那都是一笔不小的开销，莉莉时常和老公吵架，毕竟他们现在还有房贷要还，可老公的意思是，买房子的时候家里也添了几万块，买点儿东西孝敬老人也是应该的。

第一次战争爆发是在莉莉发现她以前买给公婆的营养品竟然已经过期了，公婆竟然还摆放在家里，并且来者不拒。莉莉偷偷和老公说："你看看那些东西吃不完都过期了。"不巧的是被婆婆听见了，婆婆的脸拉了很长，说："买不买是你们的心意，吃不吃那在我们。"这句话彻底把莉莉惹毛了，双方大吵一架。

不过吵架也有好处，那就是莉莉可以不去公婆家了，他们小两口回去的次数少了。两个人商量着岁数也不小了，是时候要个孩子了。可要孩子也得有经济基础，眼下两个人正在还房贷，手里攒下的钱特别有限。于是，两个人勒紧裤腰带过日子，总算有了点儿小积蓄。

莉莉顺利做了检查，一切正常，便开始备孕了，怀孕的过程还算顺利。可就在莉莉有了两个月身孕的时候，家里又出事了。

莉莉的婆婆去跳广场舞，被一个小伙子忽悠，说是有高收益低风险的理财产品，利息高达15%，莉莉的公婆一商量，把家里全部存款二十万全都投进去了，结果发现被骗了。莉莉的婆婆直接犯了高血压，住进了医院。

原本莉莉也是心疼，毕竟那是二十万啊，而接下来的事情，更是让莉莉气愤到了极点。莉莉的老公取走了他们辛辛苦苦攒下的所有的积蓄，全部拿给了莉莉的婆婆，以示安慰。

莉莉当时火冒三丈，直接拉上闺密去了医院，把孩子做掉了。

离婚。

莉莉老公知道莉莉做了流产，也火冒三丈："你凭什么一声不吭就把孩子做了，家里出了这么大的事，你还嫌不够乱吗？"

莉莉也理直气壮："你连我俩的死活都不管了，我要是再给你生孩子，那我就是天下第一大傻帽儿！"

尽管莉莉的老公最后一个劲儿地道歉，可仍旧没能挽留这段婚姻，莉莉是吃了秤砣铁了心，一定要离。最后，他们还是离婚了。

有人说，结婚是两个家庭的结合，由两个家庭组合成一个大家庭。这话说得对，也说得不对，应该是两个人从两个家庭里走出来，重新建立一个小家庭，将两个大家庭维系在一起。

莉莉和老公相爱吗？当然，他们也曾经是令人艳羡的一对，可是，他们的婚姻准备得太仓促，也就注定了后来的结局。倘若，莉莉对于老公的家庭做足了心理准备，莉莉的老公也以小家庭为出发点，可能就不是这样的结局。他们最大的问题就是，莉莉没有准备好接受老公的家庭，而莉莉的老公也没有准备好脱离自己的家庭。

在婚姻关系里，先小家，后大家，是原则。这并不是一种自私，而是对待事情最妥善的解决方法。如果一个人连自己的小家都保护不好，又谈何照顾好大家呢？

嫁给一个人，不仅要接受一个人，还要接受他的整个家庭，没有人是可以独立生存在这个世界上的。我身边很多人都说要是嫁给一个孤儿该多好，不用理会这些乱七八糟的事情，可是，谁也不是石头缝里蹦出来的，只要是人，就一定会有和他相关联的人。

婚姻并不是儿戏，不是说说而已，在没有准备好接受对方家里人的情况下，千万不要草率结婚。

你的安全感在哪里

一个朋友给我打电话哭诉："我们家房本上的名字写的是我老公,现在准备要孩子了,总觉得心里不踏实。"

我问她:"为什么会觉得心里不踏实?"

她说:"怎么踏实得了啊?房子是婚前买的,房本上是老公的名字,万一我们的婚姻有个差错,我就被净身出户了,这好几年不都搭进去了吗?"

朋友让我给她想个办法,怎么样才能踏实一点儿。她絮絮叨叨说了许多,说现在不敢怀孕,都说女人怀孕的时候,是男人出轨的时候,万一她老公真的出轨,他们的婚姻就完蛋了。我这朋友是个想象力丰富的主儿,甚至想到几年之后的事情,她说如果生了孩子,才发现老公出轨,她现在工作不稳定,法律肯定会把孩子判给老公,而她青春也没有了,钱也没有,老公也没有,孩子也没有。

老实说,我刚刚结婚的时候,也遇到过同样的问题。我和左先生的房子,也是婚前买的,房本上也是左先生的名字,前段时间左先生

Chapter5　婚姻，需要足够的勇气和智慧
——写给即将迈入婚姻的你

想要在房本上加上我的名字，可是，排队排了半天，被告之，贷款没有还清之前，房本不能进行更名。

那段时间，我也很消沉，也会和我那朋友一样，觉得心里不踏实。不过，我倒没有她想得那么多，或许，在现行的法律下，很多女人对这些问题都有一些介意。

我没有和左先生讨论过这些，因为担心影响感情，后来，我和一位姐姐聊天，把我的困惑讲给她听，她问了我几个问题，我一下子就愣住了。

"你为什么没有安全感？"

"房产证上有你的名字，你就有安全感了吗？"

"你结婚，难道是为了离婚分财产吗？"

我一时语塞，竟然不知道如何回答姐姐的问题，姐姐把我痛斥一顿，她说："女人最蠢的地方就在于把自己的安全感寄托在男人身上。"

姐姐给我讲了另一个女孩儿的故事。女孩儿名叫慧心，蕙质兰心，是一个非常独立的女孩。

慧心大学毕业之后进入了一家外贸公司，从一个小小的文员一路走到了行政经理的位置。她谈恋爱了，对方是一家小公司的老板。郎才女貌，般配得很。慧心的男朋友买了一套三居室，拿着房钥匙正式向慧心求婚，男朋友说，知道现在的女孩子都没有安全感，只要她同意嫁给他，他立马把这栋房子过户到她的名下，且今后他的每一笔收入，都由她来保管。

慧心接受了求婚，却没有接受房子，她说爱情掺不得一丝杂质，两个人的爱情和房子无关。朋友们都说慧心傻，有房子在手里，心里不踏实吗？慧心摇头说："男人靠谱，没有房子照样过，男人不靠谱，有多少房子都白搭。"

两个人结了婚，开始过起了他们的小日子，刚开始的那两年，还真是你侬我侬，两个人甜蜜得很。结婚第三年，慧心生了一个男孩儿，三口之家，堪称完美。可七年之痒真的像是一个魔咒，很多人都败给了七年之痒，慧心的老公也是如此。他们结婚的第七年，慧心发现老公出轨了。

那几年，慧心老公的公司蒸蒸日上，生意大了，钱赚多了，人也学坏了。他在外面包养了一个小情人，二十出头，年轻漂亮。慧心和自己的老公摊牌了，慧心老公不是傻瓜，他这些年的钱全都由慧心打理，女人在家里待得久了，就变成了黄脸婆，可偏偏慧心是个例外，她把自己保养得很好，工作也照样没有丢，三十出头的年纪，充满了女人的成熟韵味。

慧心老公懊悔不已，发誓今后一定改。出过轨的老公就如同掉进茅坑里沾满屎的百元大钞，捡起来觉得恶心，不捡又觉得可惜。为了孩子，慧心决定给老公一次机会。刚开始的时候，老公也的确听话，按时回家，外面的应酬也少了许多。

可没过多久，慧心再一次发现老公出轨了。慧心提出了离婚，老公却不同意，他说像他这样的成功男士在外面有一两个情人很正常，毕竟男人都喜欢新鲜，可他们最爱的人还是家里的老婆。慧心觉得老公的话可笑至极,这婚非离不可。

慧心老公被逼无奈,说如果慧心离婚,她什么都休想得到,包括房子、车、钱,还有孩子。最后,他们还是离婚了,慧心什么都没有得到,除了她的儿子。慧心的父母知道慧心离婚之后,都非常后悔,早知道这样的话,当初结婚的时候就应该把房子要过来,这样最起码还可以得到一处房产,总比什么都没有的强。

朋友们更是把慧心当成一个反面教材,都觉得慧心傻透了,今后结婚的时候可一定要长点儿心眼儿,万一以后离婚,自己也好有个保障。

有人问慧心后不后悔,慧心笑着反问:"为什么要后悔?"朋友说:"当初拒绝了房子啊,如果没有拒绝,现在肯定不是这个样子。"慧心摇摇头说:"如果没有拒绝,可能比现在还要惨。"

大家都觉得慧心可能会消沉一段时间,可慧心并没有,她辞掉了自己的经理职位,带着儿子出国旅游了一圈。回来之后,凭着她的工作经验,很快就找到了另外一家大型合资公司,应聘主管,月薪一万。

她从一个完美的三口之家,变成了一位单身妈妈,可她似乎和从前没有变化,依旧那么美,依旧那么自信和独立。

姐姐的故事讲到这里就没有继续,我问她后来呢?

姐姐说:"我先卖个关子,你能告诉我慧心为什么会说'如果没有拒绝房子,可能比现在还要惨'吗?"

我琢磨了一下回答说:"如果一个人有了房子,感觉自己没有了后顾之忧,可能就会变得消沉,工作上也就没有那么努力了。到最后,虽然是有了房子,可失去工作能力才是最可怕的。"

姐姐笑着说:"这不是道理你都懂吗?为什么还要自寻烦恼呢?"

姐姐接着讲她的故事,她说后来慧心跳槽了,找到了一份年薪三十万的工作,自己贷款买了房子,一直和儿子一起过。离婚这几年追求慧心的人还真是不少。慧心说:"还是那句话,男人靠谱,没有房子照样过,男人不靠谱,有多少房子都白搭。"

故事讲到这里才算真的结束了。

姐姐说:"女人有的时候真的很可笑,为什么要把自己的安全感寄托在男人的身上呢?别说是男人,但凡是个人,都会有变化的,时间在走,人自然也要变。把自己的安全感寄托在男人身上,和把自己的钱绑在定时炸弹上有什么区别呢?"

在这个世界上最了解自己的那个人是自己,人心都会变的,只有自己才知道自己最真实的想法,把安全感寄托在自己身上,这才是最稳妥的办法。

现在网络上也好,现实生活中也好,总是把女人当成弱势群体,当然别人可以把自己当弱势群体对待,倘若自己也把自己当成弱势群体,那可真的离弱势不远了。

说到底,每个人的安全感其实都和别人无关,安全感都是自己给自己的。

我后来想了想,总是和老公说自己没有安全感的女人还真是傻,和老公或是男朋友说自己没有安全感,无非是想让对方给自己安全感,而男人的安全感大多都是嘴上功夫,许几个承诺,不痛不痒,做得到的那叫承诺,做不到的,那就是个屁,放了也就没了。

Chapter5 婚姻，需要足够的勇气和智慧
——写给即将迈入婚姻的你

所以，别再傻了，爱情和房本上是谁的名字是没有什么关系的，如果没有安全感，那就让自己变得强大起来，一个独立积极向上的女人，是从来不缺安全感的。

永远，到底有多远

在爱情里，人们最常提到的一个词语就是：永远。那么，永远到底有多远呢？恐怕没有人知道。

莉亚是一个让人操碎了心的姑娘。要说，莉亚还真是一个好姑娘，没什么不良嗜好，待人接物都非常有礼貌，她不是特别爱说话，但有时也能讲一两个小笑话。可莉亚是一个非常较真儿的姑娘，她是一个理想主义者，认为真正的爱情就是从一而终，相互扶持，相濡以沫，执子之手，与子偕老。

莉亚的第一场恋爱是在上大学的时候，那个时候，她还是个懵懂的女孩儿，情窦初开，用尽力气去爱自己的男朋友，去维护自己的爱情。莉亚总喜欢问自己的男朋友："你会爱我到什么时候？"男朋友总是会吻一吻她的额头，然后笑着说："到永远啊。"每当听到这句话的时候，莉亚总会觉得很满足，认为这是全世界最好听的情话。

可是，大学毕业的时候，莉亚的"永远"到头了。男朋友选择回老家，而莉亚则留在了这座城市里，他们也就自然而然地分手了。刚

Chapter5　婚姻，需要足够的勇气和智慧
——写给即将迈入婚姻的你

分手的那段时间，莉亚始终沉浸在失恋的痛苦中，甚至没心思找工作。她想：不是说永远都爱我吗？既然爱我，为什么要分手呢？直到过了许久，莉亚才走出失恋的阴影，她用自己的想法说服了自己，那就是会分手的爱情根本算不上爱情，真正的爱情是永恒的，永远不会分手的。

莉亚的第二场恋爱是和公司的同事，美丽青春的小姑娘一进入公司，就会成为全公司的焦点。在同事追求了她一个月之后，莉亚总算是同意了。在同意同事的追求之前，莉亚问了同事一个问题："你会一直一直都爱我吗？永远都爱我。"同事自然毫不犹豫地说当然。第二场恋爱，莉亚仍旧很认真，她希望这是自己的最后一场恋爱。

步入社会的爱情，远没有在学校时那么精彩和惊心动魄。恋爱只是两个人看看电影、逛逛街，可莉亚却十分看重这场恋情，尽力为男朋友做着一切。可似乎是因为上一场恋情的影响，莉亚时常会问："你会不会永远都爱我啊？"男朋友一开始还会肯定地回答，后来便越来越敷衍，直到再也无法忍受，便说了分手。莉亚觉得难以接受，追问男朋友："你不是说会永远都爱我吗？为什么这会儿就变卦了？"男朋友觉得无可奈何："谈恋爱的时候，谁还不会说几个永远啊，别当真，说着玩的。"

经历了第二场恋爱，莉亚再也不想谈恋爱了，因为她觉得世界上没有永远这回事，既然没有，那干脆不谈。可莉亚还是没能抵抗住诱惑，再一次恋爱了，这一次恋爱的对象，是朋友介绍给她的，见过几次面，一起玩过，感觉对方是个很成熟体贴的男人。在朋友的撮合下，

两个人便恋爱了。

莉亚仍旧会问："你会永远爱我吗？"

可这一次的男朋友却没有像之前的男朋友那样说会，而是笑了笑说："我不知道。"

莉亚显然对这个答案不满意："为什么不知道？"

"那你会永远爱我吗？"男朋友反问她。

"我会啊，既然决定和你谈恋爱，我就确定我会永远都爱你啊，如果不是的话，我就不会和你谈恋爱了。"莉亚的语气非常肯定，似乎在表明自己的决心。

没想到，男朋友却笑了起来。

"就算是我明天劈腿，和别的女人谈恋爱，你也会一如既往，永远爱我吗？"男朋友忽然问道。

莉亚沉默了，是啊，如果明天会发生这样的事情，自己还会爱他吗？

男朋友摸了摸莉亚的头发，说："我不知道明天会发生什么样的事情，所以没办法回答你的问题，但是，如果你这一刻问我，爱不爱你，我会告诉你，我很爱你。"

莉亚更加沉默了，男朋友的话，让她觉得自己就像是一个傻瓜。

男朋友还说："不要总是问明天的问题，明天的问题等明天到来的时候再问，现在问了也没有用，即便是你得到了想要的答案，也没有任何意义，毕竟明天还没有来。明天的事情都不知道怎样，更何况永远了。"

"那世界上真的没有永远的爱情吗?"莉亚问。

"有啊,永远不就是无数个今天吗?"

尽管第三个男朋友教会了莉亚很多东西,可还是没能阻止两个人分手,因为男朋友觉得莉亚太幼稚了。这一次,莉亚并没有多么难过,她似乎一瞬间长大了。

莉亚仍旧在交男朋友,只是不会去问永远的话题了,因为她自己也觉得那没有什么意义。前段时间,莉亚和交往半年的男朋友领证了。领证之后,他们一起吃了一次面,男朋友说:"面象征着长远,结婚登记一定要吃面,这样两个人就能走得长远,永远在一起了。"

莉亚听到这句话笑而不语。

男朋友问:"我以前交往的女朋友都会不停地问我'你爱我吗?你有多爱我?你会爱我多久?你会不会永远爱我?'为什么你什么都不问呢?"

莉亚一边吃面,一边说:"问了有什么用?"

男朋友说:"这是承诺啊,你们女人不是都想要这样的承诺吗?"

莉亚非常淡定,说:"没有发生的事情,怎么承诺呢?如果你真的爱我,何必承诺?如果你不爱我,承诺了也没有用啊。"

男朋友对于莉亚的说辞有些不悦:"难道你不希望永远和我在一起吗?"

莉亚肯定地回答:"我当然希望了,并且我会一直努力永远和你在一起,但是,明天将要发生什么,我们谁也不知道,与其纠结于我们会不会永远在一起,不如过好现在。"

永远到底有多远呢？如果爱，可能比一辈子还要长，一直没有尽头；如果不爱，可能下一秒钟，就已经走到了终点。所以，纠结于"永远"这两个字又有什么意义呢？

在爱情里，谁都希望自己的爱情能够长长久久，永永远远，最好一场恋爱谈到生命的尽头。可理想很丰满，现实很骨感。有多少人抱着永远的心态谈恋爱，却已经数不清自己有过多少个永远了。

我在结婚之前，也很纠结，我们会不会永远在一起？会不会一直相爱到老去？我也曾不厌其烦地问左先生，他会不会一直爱我，会不会一直把我捧在手心，不离不弃。虽然不耐烦，可他也总是会耐着性子说会，偶尔会反问我，问这些有用吗？是啊，问这些有用吗？有意义吗？未来没有发生的事情，谁能说得好呢？

"永远"从来都不是什么爱情婚姻的定心丸，它只不过是一个虚无缥缈的东西，看不见，也摸不着，说了也白说，不说也无所谓。所以，何必纠结于爱情会不会永远呢？既来之，则安之，未来安排什么，就去接受什么，婚姻，本就应该如此。

对于我们而言，一辈子太长，只争朝夕就够了。

努力过好每一天，珍爱每一天，说不定"永远"永远不会到来。

● ● ● ● ● ●
Chapter6

经得起激情，忍得了平淡
——写给围城中的你

每一段婚姻的到来，都伴随着激情和浪漫，走过了热恋期的恋人，从情人成为爱人，与其说这是一个结束，不如说这是一个新的开始，翻开人生新的一页。在婚姻里的每个人，要禁得起激情燃烧，也要忍得了平淡流年。一个懂爱的人，会更喜欢平淡的生活，因为，婚姻就是如此，平淡的才是最真的。

Chapter6　经得起激情，忍得了平淡
——写给围城中的你

婚姻里，学会好好爱自己

一个人的时候，你会不会觉得很寂寞，什么事都不想做？不愿意出门，懒懒地窝在家里，看看视频或者睡觉，甚至连饭都不愿意吃。

好像在我们一个人的时候，总是喜欢"凑合"。哪怕是在婚姻里，也有一个人"凑合"的时候。

吃饭凑合，穿衣服凑合，化妆也凑合，什么事都凑合。

在这之前，我也觉得一个人的时候凑合没什么不对，好像丰盛的晚餐只属于热闹的家庭聚会或者朋友的party。一个人有什么必要呢？可有一次我和好朋友逛街时，才真正明白我这之前所有的"凑合"定理都是胡扯。

她是一个已经结婚的女性，因为自己很忙，老公也很忙，很多时候她都是自己一个人。那天她要我陪她逛街，她老公出差了，家里只有她一个人。傍晚分别的时候，她忽然问我："你说我要不要买点儿菜，晚上吃个火锅呢？"我问她："你不是一个人吗？一个人还要吃火锅吗？"且不说一个人要吃火锅，就是两三个人在一起，我也觉得吃火

锅很麻烦，单单是把那些菜洗干净就需要好久，再者说火锅就是要一群人围在一起，一边吃一边说说笑笑那才有情调。

她诧异地看着我，一本正经地说："当然了，一个人不能吃火锅吗？都没人陪我吃饭，自己还不给自己整点儿好吃的？火锅算什么，我还自己给自己做海鲜呢。"听到她那样说，我是真的有些错愕，因为换做是我，可能晚饭买个大饼鸡蛋就已经足够了。后来，她把我狠狠数落一顿，最后总结陈词："女人啊，越是一个人的时候，越应该对自己好一点儿。"

女人这一辈子总会有一种为全家人活着的使命感。年轻的时候为老公活着，等有了孩子为孩子活着，我妈就是一个这样的例子。我妈年轻的时候，家里条件不错，她吃的、穿的都要比别人好一些，那个年代，穿一双高跟鞋，把头发烫成小波浪，就已经是十分时髦的表现了。

后来我妈嫁给了我爸，第二年有了我，我妈的生活重点便一下子发生了改变。用我妈的话说，她操劳了一辈子都是为了这个家。当然，这一点我们全家人也从来没有否认过。

等我大学毕业，我弟弟也当了兵，家里似乎一切即恢复了平静，再也没有什么需要我妈操劳的事情了。我妈的性情忽然大变，我隔几天没有给她发短信或是打电话，她就要把我狠狠地数落一顿，回趟老家有不顺心的事情，她也要发脾气。就连我爸都说："你妈是不是更年期到了？"

我妈常挂在嘴边的一句话就是："我为了这个家操劳了一辈子，现在你们都好了，我没用了。"

Chapter6　经得起激情，忍得了平淡
——写给围城中的你

那段时间，我妈把我爸搞得几乎要崩溃了，其实大家对我妈的态度丝毫没有改变，反而因为她年纪大了，对她的关心更多了。可我妈却总是一副没有人理解她的样子，总认为我们都觉得她没用了，想抛弃她似的。

后来，我和她长谈了一次，我说："你不能总是为了我们活着，你应该有自己的生活，女人呢，应该多爱自己一点儿，尤其是现在我们都大了，你应该把生活重点转移到自己身上，不是我们不够爱你，而是你自己不够爱自己。"

那次谈话，给我妈的触动还是挺大的。没过多久，她自己似乎想开了，一个人吃饭也不会凑合，一个人在家的时候，也不再胡思乱想发脾气。偶尔去看村里的广场舞排练，也觉得挺有意思的，最近又开始迷上了高端的丝带绣。

我结婚的时候，我妈绣了一幅一米五左右的《孔雀图》给我。这一幅绣了好久好久，可我妈似乎意犹未尽，又买了一幅更大的，两米多长的丝带绣，准备绣好了送给自己。

女人的一生都在爱着别人，相夫教子，好像从来没有爱过自己，也是时候该好好疼爱自己一番了。

在婚姻里的女人，一定要学会疼爱自己。这并不是一种自私，而是一种自爱。

我一个同学的妈妈就是这样，那位同学家里的孩子很多，她的妈妈整日操劳，看上去要比同龄人大上十来岁。等到孩子们都大了，本以为可以好好享受天伦之乐，一家人开开心心地在一起。却没有想到

她竟然检查出了癌症，这让全家人都陷入了悲痛之中。

孩子们孝顺，轮流伺候，可这也给这个家庭蒙上了一层阴影。我这位同学说，她妈妈在病中一直特别后悔，如果时光可以倒流，她一定会拿出一定的精力放在自己身上，这样他们一家人现在便可以快快乐乐地生活在一起了。

可时光怎么会倒流呢？

人的生命也只有一次，只有向前走，却不能回头看，还是在能爱自己的时候，多爱自己一点儿吧。

一个人的时候，我们更要好好爱自己。

幸福掌握在自己手里

如果你愿意，全世界的花朵都可以为你开放；如果你愿意，全世界的小鸟都可以为你歌唱；如果你愿意，掌心里也会散发出阳光；如果你愿意，哪里都会是你的天堂。

认识米粒，让我相信这个世界上，只有不幸福的生活，却没有不幸福的人。

米粒是我的小学同学，一个朴实的农村姑娘。小时候，班里属她最矮，白白的，瘦瘦的，小小的，可能是因为发育晚的关系，她一直不长个儿，大家都叫她米粒。米粒上完初中就辍学回家了，这在我们农村里并不是什么稀奇的事儿，出去上学的没有几个，留在家里种地嫁人生子的却比比皆是。

米粒并不是不想上学，尽管学习很努力，可她的学习成绩一直不好。那个时候，我们县里有两所高中，一所是重点高中，一所是普通高中。在所有人的印象中，只有考上重点高中才算是考上了高中，而那所普通的高中，几乎是谁都可以上的。米粒在中考前夕一直非常拼命,她常常学习到晚上十一二点才睡觉,可最后还是没有考上。

说到底,我们都替米粒感到可惜。可米粒搬着桌子凳子离开学校的时候,一滴眼泪都没掉,还笑着说:"早就说了,我就不是学习的料,考上也白搭。"其实,米粒自己心里也明白,即便是考上了,家里也不会让她去县城上高中的,因为她家太穷,即便是每学期八百块的学费也负担不起。

在我们那个地方,初中毕业就辍学的姑娘,大部分都会找一个工厂学点儿手艺,上几年班,然后嫁人,似乎大家的命运都是如此。米粒去了一家缝纫厂,学裁剪,这是个手艺活,那些干得好的姑娘们,每个月能拿到三四千的工资,这对于那个小县城里的人而言,是一笔不小的收入。米粒的爸妈求爷爷告奶奶,才让米粒进了那家工厂,米粒也格外珍惜这样的工作机会。

在工厂里,做学徒的人总是会挨欺负,那些当师父的人才不会好好地把手艺教给自己的徒弟呢,学徒得像哈巴狗似的给师父做这做那,才能学到真正的手艺。米粒天生就善良,一看就是个软柿子,好捏得很,所以她没少挨欺负,不仅师父对她骂骂咧咧,就连别的学徒也都对她冷言冷语。

可米粒仍旧是笑呵呵的,别人都说:"米粒是不是傻啊?"

其实,米粒不傻,她只是懒得和这些人计较罢了,因为她知道即便是计较,也没有任何意义,索性懒得理。米粒常说:"多干点儿活,能吃多大的亏?"

米粒熬过了漫长的学徒期,开始赚钱,她干活又快又好,别人干活的时候都是低着头拼命干,可她时不时还哼着小曲。米粒每个月都能赚到三四千块,这成为他们家最大的一笔收入,米粒每个月都会留出自己的生活费,剩下的全部给家里。

十八九岁,到了该说婆家的年纪了,农村的小姑娘大多数都是在这个年龄开始定亲,二十出头的时候出嫁,有的甚至都还没到结婚年龄,就已经有了孩子。米粒家也有不少人登门说媒。其中也有几个不错的小伙子能入得了米粒的眼,可是,米粒爸妈一听说对方的家庭条件,便不允许米粒再和人家来往。

米粒爸妈希望米粒能嫁到一个有钱人家,因为米粒还有一个弟弟,她家实在太穷了,根本娶不起媳妇。米粒爸妈所有的希望都寄托在米粒身上了。

米粒的自身条件并不出众,可能由于小时候营养不良,她迟到的发育始终没有追上别人,个子一直保持在一米五出点儿头,但她的皮肤仍旧很白,只是因为工厂太辛苦,粗糙了许多。米粒长得顶多算是中等水平,能嫁给一个普通人就很不错了。可米粒的爸妈心比天高,一直期待她能嫁给一个有钱人,所以米粒二十岁的时候,她的婚事还没有定下来。

后来有人上门说媒,对方和米粒年龄一样大,家里很有钱,愿意出八万块的彩礼钱,但是,因为小时候得了小儿麻痹症,腿脚落下了一些残疾。两个人见面之后,米粒死活不同意,那个男人不仅腿脚有残疾,长得还特别丑,笑起来的时候感觉像看恐怖片一样。

可是,那八万块彩礼实在太有诱惑力了,米粒爸妈轮流做米粒的思想工作,说什么以后有钱就不用受穷了,丑一点儿又有什么关系,爸妈还一把鼻涕一把泪地说养大她多么不容易,家里改变穷的命运就看她了。米粒的最后一道防线被攻破了,她知道这婚事改变不了,就只好认命了。

米粒结婚了,爸妈拿到了八万块彩礼,一分钱也没有给她置办嫁妆,反而把她省吃俭用存在的一万块也拿走了。米粒跟着第一任丈夫过起了日子,没错,因为她还有第二任丈夫。米粒心想,左右也是这样了,还不如好好过日子,丈夫虽然丑又有残疾,可终究也是个好人。结婚后的米粒勤快也懂事,公婆都非常喜欢她,而她和她的丈夫也相处得非常融洽。在第一任丈夫家,米粒活脱脱就是一个救世主,有她在,全家都其乐融融的。

可惜,老天并未眷顾米粒,结婚两年,米粒始终没能怀上孩子。因为农村的传统思想,公婆对米粒的态度开始转变,转变最大的还是米粒的丈夫。米粒的丈夫开始酗酒,喝多了还会打米粒,那段时间米粒打掉牙往肚子里咽,想尽一切办法把日子过好。可是,这也无法把她不能怀孕的"罪过"补回来,米粒最后还是离婚了。

米粒的弟弟已经结婚,米粒离婚之后回家,处处遭受弟媳妇的白眼,弟媳妇甚至提出要米粒向家里交生活费。村里人替米粒出头,说米粒弟弟娶媳妇的钱都是米粒结婚的彩礼钱,为这事一家人闹得很不愉快。

米粒知道自己不可能待在家里一辈子,便又叫家里人张罗着说媒。可说了好多家都不成,米粒本身就不是仙女,又是二婚,实在不好嫁。弟媳妇嘲讽她，实在不行嫁给老憨也行，米粒气急了，从炕头上蹦下来，嫁就嫁！

老憨是村里的光棍，家里穷，人也憨，三十好几的人了也没能娶上媳妇，当年米粒只有二十三岁，老憨足足大了她十岁。米粒和老憨算不上有交情，可在一个村里住着，低头不见抬头见，在庄稼地里，老憨还帮着米粒耙过地。大家都以为米粒是说笑的，可谁能想到米粒真嫁给了老憨，简简单单地请村里人吃了顿饭，领了证，就开始过日子了。

大家都说，也不知道米粒使了什么魔力，这老憨家的日子可是越过越好了，尤其是老憨，成天嘴上笑呵呵的。两个人经常早出晚归，下地干活，有时候他骑着自行车带着她，有时候他们一人扛一把锄头在地里走，那景象还挺和谐。

后来，米粒给老憨生了个大胖小子，两个人也在市集上摆了个小摊卖菜，日子越来越红火。

春节的时候，正巧在路上碰见米粒，我多年在外上学，已是好几年没有见过她。她还是小小的个头，皮肤仍旧很白，只是还是粗糙了一些，岁月在她的脸上留下了一些痕迹，却增添了许多的笑容。米粒拉着我说了许多话。

我当时问她："怎么就一句气话嫁给老憨了呢？"

她笑得更甜了，还有些不好意思："啥叫气话？那可不是气话。"

"那你怎么就那么信任老憨呢？"

"不是信任老憨，我是信任我自己，这人要是有了奔头，嫁给谁都一样。"

米粒最后还凑近我的耳边和我说:"你不知道,岁数大的男人有岁数大的好处,他会疼人。"米粒说这些话的时候,脸都红了,一副捡了大便宜的模样。

夕阳的余晖下,米粒扛着锄头,下地干活去了。隐约觉得,她的身影高大起来,虽然仍旧是一个农村小女人的形象,骨子里却充满了幸福的味道。

当你觉得自己不会幸福的时候,就想想米粒吧。不是信任别人,而是信任自己,永远都相信凭借自己的双手可以让自己过得幸福一点儿,更幸福一点儿。

女人就应该拥有一双创造幸福的魔术手,有了这双手,就不会担心自己会不幸福了。因为这样的女人,她的幸福掌握在自己手里。

我还是那句话,这个世界上,有不幸福的生活,却没有不幸福的人。

爱一个人，是要"玩命"的

我始终觉得爱一个人，是需要"玩命"的。

纵观一生，那些花钱的、耍帅的、玩酷的，始终都会败给那些"玩命"的。

在我的婚礼上，最感动的莫过于我的好姐妹从各个地方赶回来，参加我的婚礼。我的姐妹团有八个人，加上伴娘一共九个，都是没有结婚的。给左先生帮忙的同事里，有一个爱玩爱闹的年轻人，是老乡，我们都喊他郭子。

郭子看上了姐妹团里的西西。

那天婚礼结束，我摆脱左先生的那群哥们儿后把我的好姐妹一一送走，她们都是从外地赶回来的，还要坐当天的火车走。郭子第一眼就看上了西西，并主动请缨，把西西送走。

送走西西，郭子回来就兴高采烈地告诉我们他看上了西西，希望我可以帮他，给他西西的联系方式。

当时的西西的确没有男朋友，我觉得郭子这小伙子也还不错，如果能成，还真是好事一桩，便把西西的手机号给了郭子。

后来，我们回了天津，差不多都快要忘记郭子和西西的这档子事儿了。正好，左先生请郭子帮了点儿忙，把他喊到家里来吃饭，我们这才又提起这件事来。

我和左先生都没有想到的是，看着郭子挺开朗活泼的一个小伙子，碰到感情的事情却这样扭捏。郭子说："我脸皮薄，磨不开面儿啊。"

我说："你先加她一个微信，先聊一聊，了解一下彼此，要是真心喜欢呢，那就玩命追一下。"

左先生更是离谱，他说："加什么微信，人不就是在北京吗？歇班的时候坐上城际直接过去找，天天微信电话的，不嫌费劲吗？"

在我和左先生轮番支着的情况下，郭子总算表态，自己这次真要努力了。他马上也要进入大龄青年的行列，婚姻大事家里也是催得比较紧，他早就想摆脱单身了，可始终没有机会。看他的样子，这次是真的豁出去了。

没过几天，郭子在微信里和我说："嫂子，我怎么办啊？"

我当时没有反应过来，该教给他的东西已经都教了，怎么还问怎么办呢？他说，自己目前还只是停留在微信里聊一聊，电话偶尔打一打的状态。

那会儿正流行微信红包，他说他用红包表白，第一个红包包了52块钱，人比较抠，实在舍不得包520块。第二个红包包了13.14元。我不得不佩服这小子还挺会玩浪漫。可是，他很悲惨地告诉我，红包发了半天了，她一直没收，也没有理他。

Chapter6　经得起激情，忍得了平淡
——写给围城中的你

郭子有点儿着急了，问我："嫂子，你说这是什么意思啊？她不收我的红包，是不是代表不同意和我交往啊？"

我说："你先别着急，等等看，她上班呢，可能没时间看微信。"

从红包上，我隐约感觉到郭子这次是动真格的，应该是真的喜欢西西，要不然也不会花这么多的心思。心里暗想，这两个人没准儿真能成。

郭子问我："嫂子，我怎么才能把她追到手啊？"

我说："你玩命追一回，西西是个好姑娘，好姑娘都不好追，你得让她看到你的真诚。"

郭子发来一个撇嘴的表情，他说："我实在觉得有点儿有心无力，我给她打电话都没什么话题，都是我一个人在那儿说，而且她从来不主动找我聊天，我觉得自己太死皮赖脸了。"

我说："不死皮赖脸怎么追得上姑娘呢？"

我给他讲了很多，甚至给他讲当初左先生追我的过程。我一再强调，一定要有豁出去的精神，要不然真的没戏。他答应得很好，说再试试。

这段时间，我一直都不敢问西西这件事，我一直打算的是，当郭子攻破西西心底防线的时候，我再帮他一把，给西西讲讲这小伙子有多么靠谱，估计两个人也就成了。我对西西是很了解的，她是个慢热的人，想要追到她，不仅是苦战，还是一场持久战。不过，西西的确是难得一遇的好姑娘，文静、善良、知书达理，家务活手到擒来，脾气也特别好。

过了一段时间，似乎没有什么动静了，我问左先生那两个人怎么样了。左先生一脸的嫌弃地说："别提了，皇上不急，急死太监，我说让他去北京找人家女孩儿玩去，他就是磨不开这个面子，总说自己死皮赖脸，剃头挑子一头热，没意思。"

后来，我在朋友圈里，看见这两个人不痛不痒的互动，我就知道这两个人没戏了。

郭子没再找过我，他说实在拉不下脸来，总觉得自己像是在唱独角戏，想想也就算了。

从左先生那里了解到，郭子曾经有过一个女朋友，两个人看着永远都是不冷不热，那个女孩也在北京，郭子偶尔去北京找人家，两个人在一起也就吃顿饭就散了。郭子当时总在抱怨："凭啥总是我去找她呢？她怎么不来天津找我？"时间久了，郭子也不去北京了，也就自动分手，不联系了。

左先生说："活该他找不到女朋友，拉不下脸，磨不开面儿，豁不出去，人家凭啥跟他在一块啊。"

我对左先生的说法表示一百个赞同，若是爱一个人，那就得"玩命"，不"玩命"，谁愿意跟你在一起呢？

我的同学小D就是一个会"玩命"的男孩。

小D看上了其他系的一个姑娘，姑娘是学跳舞的，身材好，很漂亮。在我们学校里，跳舞的姑娘都是很受欢迎的，据说，平均每个学跳舞的姑娘背后都有三个追求者。再说说小D，普招上来的学生，拼了命才考上的，近视眼，戴一副四百多度的眼镜，个头不太高，长得还算精神，可跟学舞蹈的姑娘站在一起，实在不搭。

可小D爱上了姑娘，就像是深陷泥潭，怎么拔都拔不出来了。姑娘不乏追求者，小D只不过是其中一个罢了。小D便开始了一段"玩命"之旅，每天一封情书，每封都不重样。写情书这种事在这个年代真的有点儿土，可小D文采很好，他说这是他唯一的优势。别人追姑娘都是给姑娘买包包和毛绒玩具，小D就买新鲜水果和酸奶，每次都给姑娘送到门口。有一次姑娘感冒，小D还从外边买了一只鸡，拜托食堂的阿姨给熬了鸡汤，然后他给姑娘送去。

姑娘自然是看不上小D的，追她的人里有帅气的，有多金的，唯独小D是个异类，似乎找不到任何优点。第一次收到小D的情书，姑娘直呼这小子真土。第一次收到小D的水果，姑娘直接送给了宿管阿姨。小D的微信，她从来不回，打电话也不接，只想把小D这团火泼灭。

可小D偏偏不死心，情书照写，水果、酸奶照送，还每天给姑娘打水，帮在图书馆占座，还经常会给姑娘发微信，比如天气太干注意别上火，今天有雨别忘了带雨伞之类的话。大概坚持了一个学期的时间，姑娘总算领情了，偶尔也会给小D回复几句，可姑娘对小D说："咱俩不合适，做朋友还行。"小D说："没关系，朋友就朋友。"

大家不得不佩服小D追姑娘的决心，他的情敌都换了好几拨了，他还在坚持着。大概过了一年的时间，新的学期开学，大家看到小D终于和姑娘牵手了。一打听才知道，暑假的时候，姑娘的爱犬出车祸死了，非常伤心，小D立马买了去姑娘家的车票，坐了二十多个小时的火车来到姑娘身边安慰她，姑娘感动不已，终于同意和小 D 交往。

　　所有人都觉得这段感情长不了，认为小 D 追上姑娘那只是年轻人的血气方刚而已。可谁知小 D 说，在追求姑娘的时候，他发现自己越来越爱这个姑娘，也慢慢了解姑娘内心的心事和脆弱，他说这辈子非姑娘不娶。

　　大学毕业半年，便传来小 D 和姑娘结婚的消息，姑娘成为了一名舞蹈老师，小 D 也找了一份销售工作，因为踏实肯干，销售业绩不错，小 D 的月薪也不低。两个人领了证，准备结婚了。

　　小 D 晒了自己的结婚证，还说："会跳舞的姑娘，我之前玩命追你，现在玩命爱你，这辈子跟你死磕。"

　　幸福，不言而喻。

　　爱一个人，真的是要"玩命"的。我想郭子如果肯"玩命"，可能早已经和西西在一起了。或许你会说，可能郭子并没有多么喜欢西西吧，所以他才不会"玩命"。

　　可是，不"玩命"一次，又怎么知道自己有多爱一个人呢？恰恰是玩过命之后，才会知道对方在自己心里的地位。

Chapter6　经得起激情，忍得了平淡
——写给围城中的你

一杯红酒配电影

感觉快乐就忙东忙西

感觉累了就放空自己

别人说的话，随便听一听，自己做决定

不想拥有太多情绪，一杯红酒配电影

在周末晚上，关上了手机，舒服窝在沙发里

黄小琥的《没那么简单》。曾经有一段时间，老大嘴里一直哼唱着这首歌，一开始我对这首歌是没有什么感觉的，但是后来渐渐发现，歌词里描述的意境竟是我一直追寻的人生状态。

小雅是我见过的最喜欢看电影的人。我刚刚入职的时候，小雅正在筹备她的婚礼，即便是忙得晕头转向，她也会忙里偷闲看看最新的电影。

小雅说，她喜欢看电影，欧美的、日韩的、港台的、本土的，她都会看，题材也从魔幻到现实，从唯美到暴力，只要剧情好，男女主角养眼，小雅都会看。她说她最疯狂的时候，在大学里笔记本电脑

500G 的硬盘，有一半全都是电影，那时候大家叫她库姐，说她是片库，没东西看的时候，大家都知道来找她。

谈恋爱之后，小雅和男朋友更多的是去电影院，小雅的男朋友有一些木讷，也想不出什么高档的约会地点，索性每次约会都在电影院，也算是投小雅所好了。

结婚的时候，小雅已经有三个月的身孕了，所以一结婚，她每天周旋在保养身体、做检查、工作上，几乎不看电影了。小雅歇完产假，就没再来上班了，据说是家里老人的意思，觉得还是把心思放在孩子身上好，毕竟小雅上班也挣不了多少钱，还不如老老实实地待在家里带孩子。

再一次见到小雅，是小雅来办理自己的离职手续，她已经辞职三个月了，一直没时间过来办手续。让我诧异的是，几个月不见，小雅整个人瘦了一圈，脸色蜡黄，毫无血色。我问她是不是生病了，她说："没有，在家待着不习惯。"我又问她是不是带孩子太累了，她摇摇头，说："不算累，就是腻得慌。"

之后我们一直在微信上联系，偶尔也会打个电话。

大半年过去了，我们在微信群里一直聊着好久没见，大家是不是小聚一下，小雅突然冒出来，强烈要求要参加。可大家太忙了，真正出来的人，算上我和小雅只有四个人。

小雅还是那样瘦，不过脸色好看多了，我们逛街，然后在麦当劳里一边喝着饮料，一边聊天。小雅这才给我们讲述她这一年多的生活。

结婚以后，小雅一直都很忙，她甚至都没有时间去看电影了。刚结婚那会儿还好，小雅和老公相处融洽，可自从生了孩子，两个人经

Chapter6　经得起激情，忍得了平淡
——写给围城中的你

常吵架。

老人们常说，孩子是婚姻的润滑剂。我妈也曾经说过，在他们那个年代，没孩子的夫妻总是吵架，一旦有了孩子，两个人的关系便会融洽好多。

一向优雅温柔的小雅嘴里吐出一个"屁"字，她说，有了孩子之后，他们吵架吵得很凶，好几次都要闹离婚了，双方家长都劝他们为了孩子想一想。其实，他们根本没有什么大问题。小雅辞职之后，家里的经济压力全部落在了她老公身上，她老公是一名汽车销售员，每月的工资和业绩严重挂钩，有时候一个月可以拿到两万，有时候却要自己交保险。强压之下，小雅老公的脾气越来越大。

每当谈到压力，小雅也觉得自己怪委屈的，当初她本想做流产拿掉孩子的，可是她老公不同意，她只好生了下来，这才造成了现在的局面。

偶然的一天，小雅的老公看上去心情不错，小雅把孩子哄睡了，突然有点儿想看电影了，她便打开电视，看到《匆匆那年》便点开了。电影片头一开始，小雅的眼泪差点儿掉下来，电影的声音仿佛隔了好几个世纪了。

小雅觉得好不容易看一次电影，可不能浪费了，她急忙从冰箱里找出上次亲戚来家里小聚时剩下的小半瓶红酒，又拿出已经发软的瓜子摆在了茶几上。嗑着瓜子，小酌一杯。小雅忽然想起上学的时候，那会儿多自在啊，零食满床都是，窝在小床上看电影吃零食，那简直是世界上最好的待遇。

小雅的老公听到声音也凑了过来，两个人窝在沙发里喝着红酒，没一会儿，小半瓶红酒便见了底。

"还喝吗?"小雅的老公小声地说了一句。

"喝就喝,谁怕谁!"小雅一声令下,她的老公穿上衣服就去外面的超市买了一瓶红酒,外加几瓶啤酒。

嗑着发软的瓜子,喝着廉价的红酒。小雅的眼泪"刷"地就下来了,不是被电影感动了,而是这久违的场面,让她一瞬间醒悟过来。

那天电影里的声音、杯子相碰的声音、小雅的哭声交织在一起,在这个平静的夜晚,创造了不平静的交响曲。

小雅的老公喝得有些多了,抱着小雅一个劲儿地道歉,他说:"结婚以后都没有陪你看过一场电影。"

结婚以后,他们几乎把全部心思放在了孩子和家庭上面,却忘了他们自己,小雅每天都忙着照顾孩子,都没有问过自己的老公喜欢吃什么菜,今天的菜是不是不合胃口,而小雅的老公也一直忙着赚钱,都忘了小雅还喜欢看电影。

我问小雅现在和老公的关系怎么样。小雅的脸上终于洋溢起幸福的笑容。

"好着呢!我们说好每个月看一场电影,每次把手机关机,那两个小时是完完全全属于对方的,没有孩子,没有家庭,只有我们彼此。"

说到这里的时候,小雅还不好意思地红了脸:"哎呀,都老夫老妻了,还玩这种小情侣玩的东西,真是不好意思。"

我们都笑了起来。

谁说老夫老妻就不能玩小情侣玩的东西呢?老夫老妻缺少的恰恰是小情侣的那种激情和浪漫。

在婚姻当中,很多人都忽略了一个问题,那就是婚姻的根本是两

Chapter6　经得起激情，忍得了平淡
——写给围城中的你

个人的结合，是你和我，是我们才创造了这个小家庭，才连接了两个大家庭，才有了孩子。很多人结婚以后一直忙着应付家庭里的各种问题，却忽略了彼此，这才是导致家庭危机的根本所在。

我有一个朋友，她迟迟不结婚，很多人轮番劝她，就连我也加入了劝人大军，第一她年纪不小了，第二她和准老公感情稳定。

我问她为什么不结婚，她说："结婚之后，感情肯定就变了，我不希望有任何事情打扰我的爱情。"

我问她难道不打算生孩子吗。她显得十分为难："不是不想生，也想生孩子，可是总是担心孩子会分走他对我的爱。"

我一开始并不理解这位朋友的做法，可是当听过了小雅的故事，我忽然非常理解她。一个人如果看过了太多人的悲欢离合，也就知道了婚姻里隐藏的秘密，她应该知道在婚姻里爱情才是最重要的，而她担心的正是别人打扰她的爱情，让婚姻变得复杂不堪，而后岌岌可危。

她还说，看过太多家庭因为乱七八糟的事情吵架，却忘记了照顾一下彼此，从而导致婚姻破裂的悲剧，她不想步这些人的后尘。

是啊，爱情是婚姻的根本，虽然我们常说，在一起的两个人时间久了，就会由爱情变为亲情，可毕竟爱情始终都是爱情，即便它和亲情再像，也是有区别的。

所以，在婚姻里的我们，一定要记得抽空过一过二人世界，毕竟没有爱情，婚姻的一切都只是空谈而已。

在婚姻里，仍旧谈恋爱，这才是婚姻保鲜的秘诀。

无论世界如何变化，在婚姻里，我们都是要爱的。

左手玫瑰，右手饭勺

有人说婚姻很乏味，如果是两个无趣的人结合在一起，不仅乏味，还会非常无聊。

能够步入婚姻的人，必定是已经经历了热恋的激情，激情退却，开始居家过日子，每天开门七件事，柴米油盐酱醋茶。所以，有人形容结婚久了，日子就像白开水一样，索然无味，有些人正是因为没办法天天喝白开水，才选择放弃婚姻的。

我忘记了是谁告诉我的，说一段长久的婚姻里，一定有一个人是懂得浪漫的。开始我还不相信，后来，仔细看了看身边的夫妻们，还真是这样，比如说我爸和我妈。

上一辈人的婚姻，几乎都是媒妁之言。我爸和我妈也不例外，他们订婚订了三年才结婚。在他们的婚姻里，那个浪漫的人是我爸。我爸年轻的时候就不走寻常路，据说，当年没有人自由恋爱，自由恋爱的人都会被人戳着脊梁骨念叨，可我爸偏偏和同村一个姑娘自由恋爱了，我爸家里穷，姑娘的家人实在看不上，两个人也就没成。

Chapter6　经得起激情，忍得了平淡
——写给围城中的你

每当提起这段往事，我爸还是觉得有些不好意思，而这段往事让我妈吃了一辈子的醋，每当有人提起来的时候，家里总是弥漫着浓浓的酸味。我妈说，她和我爸谈恋爱的时候，我爸也是个醋坛子，喜欢一些不切实际的东西，也就是我们年轻人说的浪漫。

当年县城里有一家电影院，我妈和几个朋友跑去看电影。这件事被我爸知道了，我爸骑上摩托车就去了县城，到了电影院，看到我妈和朋友们有说有笑地走出来，他骑上摩托车转身就走了，好几天都没有和我妈说话。

直到现在每每提到这个段子，我爸还会指责我妈："你当年怎么能和别人去看电影呢？要是咱俩看电影该多好！"

谈恋爱谈了三年，到了年龄，他们便顺理成章地结婚了，日子吵吵闹闹，但也过得热热闹闹。我妈常说我爸不会疼人，可我却觉得我爸对我妈的疼爱不是一星半点儿。据说生我的时候，我妈疼了三天三夜，当时村里的条件很差，女人生孩子都是找接生的土大夫在炕上接生。我妈在炕上疼得死去活来的，生下我来，看也没看一眼。我爸当时就说："就要这一个，不生了。"

当时我们村还停留在"孩子越多，家里越兴旺"的思想阶段，大部分家庭都是能生就生，我的同学里就有一些是家里有兄弟姐妹五六个的。我爸当即决定不生了，当真是心疼我妈。不过，他可不是说说而已，我五岁的时候，很多人劝我妈还是再生一个，一个孩子在村里怎么行呢？如果我是儿子还好，可偏偏是个女儿。我妈禁不住劝，和我爸商量，这才有了我弟弟。

一儿一女，一生一世，当时我们的小家庭，还当真让人羡慕。

我上初中的时候，知道了情人节，便回家告诉了我爸。我爸问我："情人节怎么过呢？"我说书上写的情人节，是送玫瑰和巧克力。我爸灵机一动骑着摩托车带着我和我弟去了镇上。

我们镇是一个再普通不过的小镇，见过玫瑰的人都很少，更何况是卖玫瑰的花店。我们找了好半天都没有找到。最后在唯一一家礼品店里，找到了一朵假的玫瑰花，然后在商店里买了几块巧克力，便回家了。

直到现在，过去了这么些年，我仍旧记得爸爸拿出玫瑰花时的样子。他双手把那朵玫瑰花捧在手里，用标准的普通话说着："亲爱的，送你一朵玫瑰花。"爸爸一直喜欢耍宝，但我知道那天他是在掩饰他的紧张，我和我弟笑得躺在炕上半天没起来。而我妈更是捂着嘴笑了半天，还说了一句："神经病。"

大家都停止笑声后，我爸才变回正常的口气，对我妈说："今天情人节呢，咱俩也浪漫一回。"可爸爸正经的样子看上去更是好笑，我依稀记得那一整天，我们家一直都充满了笑声。

巧克力自然是被我和我弟瓜分掉了，而那朵玫瑰却在我家的桌子上摆了很久很久。偶尔我会看到我妈一个人偷偷摆弄那朵玫瑰，脏了还会用布擦一擦，每次看到那朵假的玫瑰花，妈妈脸上都洋溢着幸福。

我上初中那几年，爸爸经常出差去外地，回来的时候总不忘给妈妈带礼物，有时候是一件衣服，有时候是一双鞋，我印象最深刻的是一套暗红色的秋衣套装，莫代尔棉的，当时村里莫代尔棉的衣服非常

Chapter6 经得起激情，忍得了平淡
——写给围城中的你

少。妈妈穿上这套套装，逢人便说这衣服可舒服了。那一套衣服，妈妈穿了好几年。可是，爸爸很少会给我和弟弟买礼物，他总是回来之后才带我们去镇上或是县城里逛逛。

我在县城上高中的时候，一直到年底还没有放假，腊月二十四是爸妈的结婚纪念日。当时上高中是寄宿学校，我打电话给家里的时候，爸爸偷偷说今年要过结婚纪念日，想给我妈一个惊喜。我举双手表示赞同。

那天我去找班主任请假，理由就是回家帮我爸我妈过结婚纪念日，班主任满脸疑惑，说："这么大岁数还过结婚纪念日啊？"我说："是啊，基本上每年都过。"班主任的表情十分诧异，他也知道我就是再怎么聪明，也不可能撒谎撒出一个纪念日来，所以，他毫不犹豫地批准了我请假。

爸爸定了一个蛋糕，上面写了八个字：水晶之恋，一生不变。当年正流行那个水晶之恋的广告，爸爸文化水平不高，可能这就是他想到的最好的词了。我还记得打开蛋糕的一刹那，妈妈脸上欣喜的表情，爸爸笨拙地说："就按写的字儿做了啊，一生不变。"

我高考那一年，妈妈很不幸从房顶上摔了下来，小腿粉碎性骨折，做了手术，在腿里安了一块钢板，十几根钢钉。爸爸停下手里的一切工作，二十四小时守在妈妈身边，一个人管理妈妈的吃喝拉撒睡。

都说"患难见真情"，这句话一点儿都不假。我一直觉得爸爸平时就会玩个小浪漫，整点儿小惊喜，却没想到在患难时刻，他是那么细心周到的一个人。连我的几个姨都对爸爸刮目相看，都说连一个女人

都做不到那么细致，爸爸一个大男人竟然做得那么好。

在医院里，两个人都很腻，妈妈只能一直躺着，顶多是坐起来一会儿。爸爸时不时出去，有时候给妈妈带点儿小零食回来，有时候给妈妈带回一些医院见闻，有时候会给妈妈带本书回来。总之，他想尽一切办法让妈妈的医院生活不那么无聊。

直到现在，我定居天津，弟弟去当兵，妈妈还会经常和我抱怨，说："你爸隔段时间不整点儿幺蛾子出来，他就难受。"我总是笑而不语，自然了解那"幺蛾子"是什么，也知道妈妈的抱怨其实是在"秀恩爱"而已。

婚姻生活需要浪漫，不要觉得浪漫那是年轻人做的事情，是谈恋爱时才会做的事情。我们的生活不能没有浪漫，就好像我们喝水一样，谁天天喝白开水也会腻的，偶尔来一杯可乐或是咖啡就别有一番滋味。

人们常说婚姻需要保鲜，可时间在走，世界在变，婚姻如何保鲜呢？我想就是浪漫吧，偶尔给婚姻注入一点儿浪漫，回到热恋的那个时期，这就是婚姻保鲜的秘诀。

左手玫瑰，右手饭勺。我想这就是我期待的婚姻的最佳状态。

Chapter6　经得起激情，忍得了平淡
——写给围城中的你

你有多久没说"我爱你"

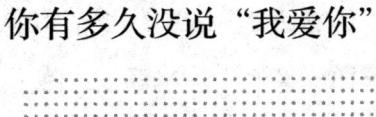

"我爱你"是一句神奇的魔咒，只要念动咒语，整个世界都会被你点亮。

曾经看过一个国外的小短片，片子的拍摄者找了许多人，有头发花白的老者，有正值好年华的中年人，有刚新婚不久的年轻人，让他们先是深情对视，然后，说一句"我爱你"。短片开始不久，我看到不少人的眼睛里已经满是泪光。

当时，看这个短片的时候，还觉得这是不是太夸张了，不就是一句"我爱你"吗？能够让人瞬间流下眼泪？对此，我有些怀疑。

馨姐是我在西餐厅打工的时候认识的一个姐姐，她当时是全职员工，人很老实，和我们这些兼职的学生们很合得来。她长得不高，有点儿胖，因为是外地人，人又老实，所以，总是挨欺负。

馨姐比我大两岁，她来自河南的农村，结婚很早，早早就生下了孩子，一男一女，然后便和老公一起出来打工了。每当说起馨姐的孩子和老公，馨姐脸上总是带着骄傲的神色。

提起馨姐的老公，那是一个比馨姐大八岁的老男人，原本就已经三十多岁，人又长得比较着急，和馨姐站在一起特别不般配。我唯一一次见到馨姐的老公，看到那个男人也有些惊讶，可馨姐没有躲闪，而是挽住老公的手，很兴奋地介绍说："这是我老公。"

在西餐厅打工，闲暇的时候，我们也会聊些八卦，有一次趁馨姐不在，其他几个全职的姐姐便说："馨馨当年是不是犯过什么错，或是身体有什么毛病，怎么就嫁给那么一个男人，又老又丑又没钱。"

虽说馨姐自身条件也不是很好，但也不至于年纪轻轻地嫁给一个比自己大八岁的男人吧，而且那男人一无所有。大家都有着不同的观点，可能是小说写多了，总觉得身边的人都有故事，所以我一直觉得馨姐身上一定有故事。

有一次午间休息，和我一起兼职的小姑娘好像和男朋友吵架了，一个人躲进了厕所哭。我本想过去安慰她，馨姐拉住了我，说："不用管，感情的事，谁也插不上手。"

我趁机询问了她关于她和老公是怎么认识的，馨姐知道我是个老实孩子，也就给我讲了她的故事。

当年的馨姐可不像现在这样，没生孩子之前，馨姐的身材还是不错的，那时的馨姐在村子里也是很招人喜欢的，十八岁那年，她交了一个男朋友，因为家人的反对，她就和那个男朋友私奔了。

可是，馨姐怎么都想不到两个人没钱花了，她的男朋友竟然丢下她跑了。馨姐一个人只好回了家。在村子里，这种事情是非常不光彩的，而且传播的速度非常快。有适龄姑娘的家庭，媒人恨不得踩破门槛，而馨姐家却无人问津。

每次她出门的时候，村子里总是会有人指指点点，说："她跟人跑过，这姑娘真够疯的，可不能要。"偶然有一次在地里干活，馨姐遇到隔壁村的光棍儿，光棍儿也不知道哪儿来的勇气，冲到馨姐面前，就说："我爱你，你跟我走吧。"

虽然交过男朋友，可馨姐从来没有听过别人对自己说"我爱你"，在当时的农村，"我爱你"是时髦的句子，在电视剧里才能听得到。馨姐像着了魔一般，竟然点了头，两个人连婚礼都没办，就开始过日子。

馨姐在村子里名声不好，她嫁给大她八岁的老公后，生活过得非常辛苦。她肯吃苦，任劳任怨，对老人也十分孝顺，渐渐得到了公婆的认可。生下两个孩子之后，公婆帮他们看孩子，他们就一起来天津打工了。馨姐很会过日子，她全身上下的衣服鞋子加起来不超过一百块。

说起自己那会儿，馨姐还不好意思地捂起了脸："唉，不提了，不提了，怪丢人的。"

我第一次知道原来"我爱你"会有这么大的魔力，让一个女人就这样把自己的一生交了出去。

我记得当时是暑假，馨姐拜托我多上几天班，她想请假，因为两个孩子来天津了，我欣然同意。再一次见到馨姐，就已经是一个星期以后了，她满面春风，容光焕发。

馨姐把我偷偷拉到一边，问我："你猜昨天发生了什么事？"

我摇摇头说："我哪知道。"

她说，昨天是儿子的生日，儿子说想吃生日蛋糕了，他们两口子便破费一次，给孩子买了一个生日蛋糕，吹完蜡烛，她的老公忽然转过头来说："老婆，我爱你，你辛苦了。"

馨姐说，她当时就愣住了，好久没有反应过来。

场面一时非常尴尬，两个人似乎回到了当年，相处多年，已经拥有两个孩子，他们竟然忽然变得羞涩起来。

馨姐情绪激动，一时控制不住，竟然泪水纵横，想哭，又想笑。

后来两个人都笑了，馨姐说："都老夫老妻了，你还整这个干啥？"

馨姐老公说："不知道咋感谢你，这些年你为了这个家辛苦了。"

一句"我爱你"，让她跟着他走，一句"我爱你"，令他们潸然泪下。一句"我爱你"，包含了太多太多的情感，千言万语汇聚成一句"我爱你"，相信正在爱的你是懂的。

在婚姻里，不要吝啬这一句"我爱你"，因为有时候，它可以是感谢，可以是道歉，可以是关爱，也可以是浓浓的情。

其实，我们都知道彼此爱着对方，可有时候因为某些事、某些人，我们也会产生错觉，一句"我爱你"将化解所有，它能充当爱情里的黏合剂，把婚姻粘得牢牢的。

面对爱人是这样，面对家人、朋友也是这样。

我再一次感受到"我爱你"的魔力，是一个夏天。宿舍里闷热得很，大家都睡不着，我躺在床上辗转反侧，实在睡不着就拿出了手机。想想这些年，我从来没有和爸妈说过"我爱你"，便心血来潮，给爸妈发短信。我一直都知道爸妈习惯晚上关机，心想等他们大清早开机接到我的短信会是多么欣喜。于是，分别写了一句"我爱你"发给了爸妈。

没想到很快就收到了回复，爸爸回复我："怎么了？"

我慌忙回短信："没事，太热了，睡不着，赶紧睡觉吧。"

打扰到爸妈休息，是我怎么都没有想到的，心里一直自责，真是太冲动了。第二天一早，我妈又发来短信："你昨天晚上怎么了？出了什么事？"

我连忙解释说："没事，就是睡不着，不用惦记了。"

直到我放暑假回家，我妈才告诉我，那天晚上，他们接到短信之后，那整个晚上都没有睡觉，虽然接到我说没事的短信，可还是放心不下。在接下来的几天里，他们也是一直战战兢兢的，还以为我那条短信是"告别"之类的短信。

我这才意识到自己的行为是多么的愚蠢，我这句话说得太晚了，倘若我时不时就向他们表达一下自己的情感，他们也就不会这样担心了。

自那以后，每逢节日发短信，我必定会在结尾写上一句："我爱你。"

"我爱你"，只不过是三个字而已，为什么我们总是那么吝啬，面对自己爱的人，连这三个字都懒得说出口呢？你可能会说："不用说，对方是知道的。"可是，他知不知道是他的事情，而你说不说，做不做，是你的事情。

别再吝啬你的"我爱你"，想想自己有多久没说了，趁着还有机会补救，就别再迟疑了吧。

时光会给你最好的

"好姑娘是用来辜负的。"

有那么好几年的时光里,我一直坚信这句话是真理。因为,我身边总是不乏一些被辜负的好姑娘。

矫情小姐在上大学的时候,曾经有过一段恋爱,我们暂且称呼那个男生为前男友吧。矫情小姐的前男友和矫情小姐是同一个学校的,追求矫情小姐小半年的时间,才总算得到矫情小姐的同意。矫情小姐属于那种"要么我就不爱,要爱我就死心塌地地爱"的女人,所以,同意交往之后,矫情小姐还真是最佳女友。

前男友的衣食住行几乎都承包给了矫情小姐,矫情小姐也是任劳任怨,似乎提前承担起了"贤妻良母"的担子。那个时候,前男友的脸上总是一副骄傲的模样,有这么好的女朋友,常常会让哥们儿们忌妒。

和前男友在一起差不多一年的时间。有一次,前男友回了一趟老家,回来之后,矫情小姐无意中看到了前男友手机里的短信,原来他回

Chapter6　经得起激情，忍得了平淡
——写给围城中的你

老家是相亲去了。矫情小姐质问前男友是怎么回事，前男友很无奈地解释说，家里人非要给他介绍一个女朋友，他回去只是应付一下，见个面就拒绝了。都说爱情里的女人智商很低，矫情小姐也没多想便相信了前男友的话。矫情小姐是个很通情达理的女孩子，她很理解前男友，还安慰前男友，叫他多顺着父母一些，还说以后这种事不需要隐瞒。

谁知这件事过去没多久，矫情小姐又发现了端倪。前男友又回了一次家，回来之后，矫情小姐发现前男友的通话记录里竟然有一个很陌生的号码，前男友几乎每天都和这个陌生号码通话。前男友解释说，这就是那个介绍的女孩，他碍于家里人的关系，不好意思不联系。矫情小姐很生气，但是她还算开明，告诉前男友立马和这个女孩断绝关系，前男友也答应了。

可不久后，矫情小姐刚刚用自己拿到的奖学金给前男友买了一身衣服，刚从专卖店里出来，就看见前男友在打电话，她觉得不对劲儿，把手机抢过来一看，又是那个号码。前男友这才老实交代，两个人已经基本上确立了关系。

矫情小姐怎么都没有想到，自己如此"贤妻良母"，却为别人做了嫁衣裳，于是果断分手，她把衣服扔给前男友，一个人离开了，这段感情也总算终结。

后来，矫情小姐说，前男友和老家那个女孩在一起了，那是家里人为他物色好的女朋友。从前男友朋友那里得知，他从一开始就和那个女孩确定关系了，他们经常晚上煲电话粥，前男友之所以没有和矫情小姐分手，是因为想把矫情小姐当成备胎，万一他毕业之后不回老

家，矫情小姐肯定是他女朋友的第一人选。

好姑娘总是会碰上渣男，真的不知道是渣男的伪装技术太高明，还是好姑娘太善良，被蒙蔽了双眼。

一米八也是难得一遇的好姑娘，虽说相貌并不出挑，个子也高了一些，可一米八的确是位好姑娘，恋爱中的一米八会全心全意为男朋友着想，而且几乎是个全能选手，没有什么不能做和不会做的。

可一米八的恋爱之路，用坎坷崎岖都不足以形容。一米八曾经有一段恋爱，她全心全意地付出，以至于男友的哥们儿们都对她赞赏有加。可谁知道好景不长，男友提出分手，说和她在一起压力很大，他没钱买房子。一米八说："没关系，我们有手有脚，一起打拼，房子肯定能买上的。"可男友执意分手，还口口声声说不想耽误一米八。

一米八最后还是被分手了，分手后还觉得这男人可能真是压力太大了，毕竟在天津买房子不是一件容易事儿。可琢磨了几天，一米八觉得不对劲儿，打开前男友的朋友圈一看，人家最近更新了一张照片，怀里抱着别的女人！一米八气坏了。

我的另一位好友M也是百里挑一的好姑娘，从村里走出去的女孩子，朴实善良，没什么坏心眼儿，做得一手好菜，收拾家务更是一把好手，而且她人长得漂亮，脾气也好，还真的挑不出有什么缺点来。

M的恋爱也是发生在大学里，对方是一个比自己大一届的学长，从开学那天就很照顾她，后来追求她，两个人也就自然而然在一起了。

M很独立，和学长在一起吃饭，从来都是AA制，她也不会向学长要衣服、鞋子、包包之类的东西，偶尔学长会买这些送给她，她高兴地

Chapter6　经得起激情，忍得了平淡
　　　　　　——写给围城中的你

收下，也会再找合适的机会送学长特别的礼物。学长踢球的时候，她是最称职的拉拉队员。别的男生玩游戏，总是被女朋友骂，而学长玩游戏的时候，她在旁边不吵不闹，只是会提醒学长不要忘了学习，要记得保护眼睛。

　　两个人在一起的时间很长，都到了谈婚论嫁的地步，他们商量好一毕业就结婚，做一回"毕婚族"。学长带着M见了自己的爸妈，他们都非常喜欢M，觉得M心灵手巧，又那么懂事。

　　可是，就在毕业前夕，学长忽然告诉M，他出轨了。

　　M听到这样的消息，非常震惊，她不敢相信准备和自己结婚的学长竟然会出轨。她好半天才缓过神儿来，但她没有发脾气，准备把事情问清楚。

　　谁知，学长直接提出了分手，学长说："你那么强，又独立又能干，没有我，你照样过得好，可她不行，她一个人吃饭都不习惯。"

　　尽管心痛，可M还是分手了。

　　听了M的事情，我忽然想起之前在网上看过的一则小寓言故事。

　　几个人坐着一艘船在海上行驶，可谁知船出现了故障，已经没办法承载这么多人的重量。大家便决定把一个人扔下海，减轻船的重量，这样以一个人的命换几个人的命。

　　可是，把谁扔下海呢？有人说要把弱者扔下海，因为他们原本就是累赘，适者生存嘛。有人说要把强者扔下海，因为他们很强，可能扔下海之后还有可能生还，而弱者掉进海里肯定活不了了。可谁都知道在一望无际的大海中，强者再强，生还的可能性也很小。

大家讨论了很久，最后一致决定把强者扔下海，强者只能服从投票的结果，被丢到了大海中。

很多人都对这个故事唏嘘不已，以为这就是故事的结局。一些人表示对这个结局不能接受，优胜劣汰，难道不应该是弱者被淘汰吗？

其实，这个故事还没有结束。强者被丢进大海中并没有死，他游了很久很久，就快要没有力气的时候，忽然发现远处的船只，他奋力呼救，终于被救上了船。

那些剩下的人呢？他们的船遇到了大风浪，一船的人拼尽全力，也没能抵抗风浪，最后船翻了，一船的人都葬身大海。

生活就是这样，我们猜中了开头，却猜不中结尾。

曾经有一篇文章说，好姑娘都是用来被辜负的，想要不被辜负，就不能做好姑娘。可是，看看矫情小姐，在被伤害之后，不是依旧保持自己的好姑娘本色，然后找到了自己的所爱吗？矫情小姐仍然是好姑娘，尽管公婆不给力，可她仍旧尽着一个儿媳妇的本分，上次矫情小姐告诉我，她的婆婆现在对她好得不得了，总是给她打电话嘘寒问暖，在老家里更是对她宠爱有加。

事实告诉我们，时光是不会辜负好姑娘的，它只是在有限的时间里，帮好姑娘淘汰掉那些不好的人而已。

所以，我想对天底下的所有好姑娘说，你们奋发向上，你们积极阳光，时光不会辜负你们，总会给你们最好的。

Chapter7

有一种人，叫做幸福
——写给心怀希望的你

这个世界上只有不幸福的生活，却没有不幸福的人。如果人是幸福的人，那生活再不幸福，也无法摧毁一颗幸福的心。这个世界上，有一种人就叫做幸福。他们拥有神奇的魔法，善于制造幸福，能够把平淡的生活过得有滋有味，善于在不幸福的生活里，活出幸福的味道。你若问我，这种魔法是什么？我或许会说，这种魔法就叫做爱。一个内心充满爱的人，用尽全力拥抱世界，爱这世界的一点一滴，他们是不会觉得不幸福的，因为只要活着，还可以爱，就是世界上最大的幸福。

二十几岁，谈什么绝望

常常听到二十几岁的年轻人，呼喊着人生绝望。这让我觉得很奇怪，二十几岁，谈什么绝望呢？

沫沫是我的小师妹，小我两届。迎接新生的时候，是我负责带着她，她便一直喜欢屁颠屁颠地跟在我的身后。入学刚刚两个月，沫沫就跑到我的宿舍里向我诉苦，解剖怎么这么难学啊？老师讲课好枯燥啊，这个专业没前途啊……总结一句话，她对我们的专业毫无兴趣。

我说："你才刚学两个月，还没入门，先适应一段时间，努力学一学，说不定就找到兴趣了。"沫沫将信将疑，不情愿地点了点头。

一个学期之后，沫沫再次找到了我，趴在我怀里哭："学姐，我真的不喜欢这个专业，选错专业了，我觉得我这辈子要完蛋了。"沫沫一直强调，她按照我说的去做，已经很努力了，可我一直不明白，她并不是一个笨姑娘，很努力了，为什么还会挂了两门课程？

我再一次安慰她："如果实在不喜欢，那就看看其它专业的课程，学校里有双修课程，只要多交一份学费，就可以修双学位，只是会比较辛苦。"沫沫的目光再次闪过一丝怀疑："这样真的可以吗？"我很坚定地告诉她："可以的，因为学校里有不少人修双专业拿双学位。"沫沫说，她先去了解一下，再做决定。

大概过了一个多月的时间，我在食堂吃饭时再一次碰到了沫沫，我问她双修的事情怎么样了，她有那么一秒竟然有些放空，然后有些不好意思地和我说："学姐，那样好辛苦，而且我不确定自己是不是毕业的时候可以修完全部课程。"我没有说什么，只是听见她扭过头去和宿舍的姐妹们一起讨论热门的韩剧。

大四下半年的时候，我忙着各种关于毕业的事情。我和沫沫很少碰面，即便是遇到，也只是象征性地打个招呼。毕业前夕，沫沫再次找到了我。我们聊了许久，或许是每个快毕业的人，都想以过来人的身份和自己的学弟学妹聊一聊，我和她说了许多。

沫沫用艳羡的目光看着我说："学姐，我好羡慕你啊，你还可以写稿子，你看我什么都不会，什么特长都没有。"我说："你也可以呀，你现在才大二，离毕业还有两年，就算是不喜欢自己的专业，也可以培养自己的一项特长啊。"

我给她讲了我另一位同学的故事，我在《痛，才是青春》里也提到过这位同学。他从一开始就不喜欢自己的专业，倒是对计算机很有兴趣，开始自学编程，在外面报课程班。他帮同学们修电脑，赚取自己的生活费。而到了毕业，他是我们当中第一个和公司签合同的人，月薪八千。

Chapter7　有一种人，叫做幸福
———写给心怀希望的你

沫沫若有所思地点点头："我总觉得来不及了，人家从大一就开始努力，我马上要大三了。"虽然我一再强调不晚，可沫沫也只是点头说试试看。

毕业之后，我就一直忙着自己的事情，很少回学校，偶尔在朋友圈或是人人网上和学弟学妹互动一下，基本上就没有和谁有来往了。

那天恰好加班，回来已经九点多了，我打开微信，发现沫沫给我发了好几条微信。

"学姐，你在吗？我感觉我这辈子完蛋了。"

"学姐，我现在好绝望啊，你说我该怎么办呢？"

我马上回复了她，问她怎么了。原来时间过得那么快，沫沫也开始找工作了，她发现我们这个专业想要找到一个对口的工作，简直比登天还难。她不知道自己要找什么工作，面试了几家，对她都不满意。她现在特别迷茫，特别绝望。

我说："当初我让你考虑双修的时候，你不考虑，让你学点儿东西有点儿特长，你也不学。"

她说："是啊，学姐，我现在真的好后悔。"

就在前不久，我了解到另外一个学妹的情况，这个学妹比我小一届，大个子大长腿，是我的老乡。来学校一年便觉得自己根本不是学这个专业的料，便开始另谋出路，她喜欢上了跳舞。学校里有艺体生，也有舞蹈系，大长腿开始不断蹭课，大概是在大三的时候开始接一些商演活动，自己编排一些简单舞蹈，给商场搞搞促销什么的，我还帮过她一次忙，她给一家大型商场的圣诞节做活动，来回车程加上

表演时间差不多两个小时，每次一百块。她学跳舞学得很快，也很辛苦，加上有商业头脑，去年毕业的时候，她被一家传媒公司的活动策划部签走了。

我把这个学妹的故事讲给沫沫听，希望她可以停止抱怨，找到自己的方向去努力。沫沫听了只有羡慕："要是我当初也能像她一样就好了。"我说："你现在也可以像她一样啊，只要你意识到了该努力，任何时候都不晚。"

聊天的最后以沫沫的一句"好吧"结尾。

接下来的事情，我似乎也预料到了。在朋友圈里不断看到沫沫发负能量的状态，失望了，绝望了，感觉自己的人生没戏了。她给我的感觉并不是一个二十几岁正值青春年少的小姑娘，而是一个已经黄土埋半截的老太太。

后来，她回了老家，沫沫的家境还不错，给她找了个闲职。我觉得这样也好，最起码有份工作，当她闲得无聊的时候，也自然会自己找点儿事情做。可我每天还是可以看到沫沫的负能量朋友圈状态。

"难道我的一生就要葬送在这个鸟不拉屎的单位吗？"

"我算了算我还要三十年才能退休，天啊，我这三十年怎么过呢？"

"打卡，回笼觉，玩手机，吃饭，午休，玩手机，下班，这一天天过得太无聊了。"

看了几次沫沫的状态，我毫不犹豫地将她屏蔽了。

我再一次想起了那个九十二岁开始写诗的柴田丰老奶奶，老奶奶有一首诗是这样写的：

Chapter7　有一种人，叫做幸福
———写给心怀希望的你

"我说，你不要唉声叹气地，诉说着自己的不幸。微风和阳光，并不偏心。梦，对每个人都是平等的。你看看我，也有过伤心往事，可我依然觉得，活着挺好。所以我说，你也不要灰心，不要气馁。"

一位九十多岁写出鼓励人的诗歌的老太太，对于我们这些二十几岁喊着人生绝望的人而言，简直是一种赤裸裸的讽刺。我们难道不会觉得汗颜吗？

这个世界对于我们而言，都是公平的，我们享受的微风和阳光都是平等的，梦想对于每个人而言，也是不会有偏心的。只要你足够努力，梦想的天平就总会向你倾斜，无论你是十几岁，二十几岁，还是九十多岁，都是一样的。

二十几岁，谈什么绝望呢？这难道不是一个刚刚好的年纪吗？十几岁太小，懵懵懂懂不懂事；三十几岁太沉稳，缺乏冲劲儿；四十几岁压力太大，上有老下有小的生活并不好过；五六十岁年纪大了，身体也差了；七十，八十，九十，就更不要提了。二十几岁，不大不小，刚刚好。

我们总说热爱这个世界，总说要拥抱生活，却从未付出努力去改变自己的现状。我想沫沫如果从一开始就去改变，现在的她也能迸发出青春的力量，或许早已活跃在某个舞台，令人羡慕了。可她没有，她一味地想要改变，可一切都只是想想而已。所以，我说沫沫并不爱这个世界，她也不爱自己，因为她从未想过要通过自己的努力，成为更好的自己。

如果爱，那就努力一些，爱自己，爱世界，爱生活，从来不是说说而已。

要记得，我们与生俱来的使命，就是在这短暂而漫长的一生里，做更好的自己。

不要绝望，因为你才二十几岁。要庆幸，现在你才二十几岁。

死亡面前,一切都是苍白

对于年轻人而言,好像谈到死亡,感觉它非常地遥远,远到遥不可及。可是,死亡却是我们每个人都必须要面对的。

生命是很脆弱的,我想曾经目睹过车祸发生的人,应该最有感触,前一秒看着人还活生生地在自己眼前,可能还在说笑,可能还在玩闹,下一秒他就永远闭上了眼睛,再也不会醒过来了。

我第一次和死亡有近距离的接触,是我爷爷去世的时候。那个时候我还只是个十二岁的孩子,只知道爷爷去世得很突然,只知道第一次看见爸爸哭得像个孩子。第一次理解到永远有多远,永远就是再也没有了。

第二次接触到死亡,是在我大二的寒假,我的姥爷去世了。在姥爷那个年代,他是县里为数不多的大学生,那个时候,但凡大学毕业都能分配到一个好工作。姥爷的第一次分配是到新疆,家里人嫌太远,没去成,第二次分配到了北京,却又不知道为什么,也没有去成。之后姥爷走南闯北,开始了一段不安分的人生。

不知道为什么，小时候特别崇拜自己的姥爷，好像是因为小时候自己也想考大学，而姥爷恰恰是一个大学生。可在许多人眼里，姥爷的一生是很失败的一生。据妈妈说，她小时候，家里的条件在村子里那是数一数二的，家里还买了全村第一台电视机，当时全村男女老少都来家里看电视，别提有多么骄傲了。可随着妈妈姐妹四个长大，姥爷的事业也不断衰退，他虽然走南闯北，踏过中国大部分的土地，却没能给女儿们创造更好的条件。

从我记事开始，姥爷的事业就是萎靡不振的。他曾经在大连和别人合伙开了一家小饭店，还把我的爸爸和姨夫拉到了那边，可后来饭店倒闭，大家也就都回来了。他还和别人合伙做生意，结果被人骗走了很多钱。老了，又开始和别人合作在家里办工厂，结果还是赔了许多钱，还欠下了许多外债。

姥爷去世，大家都是有思想准备的。三年前，他查出肺癌的时候，医生就说做完手术进行化疗，如果愈后良好，可以活三年。而现在三年之期到了，姥爷也忽然病倒了。春节前夕，大家都一直守在姥爷身边。

姥爷走得并不甘心，我曾经偷偷地听到过姥爷和姥姥的谈话，那个时候，姥爷做完手术，一直在家里休养。他说希望在自己临走之前，能够把工厂以及工厂里的东西抵押出去，换回一些钱，给女儿们分一分。姥爷喜欢古董，经常从集市的古董摊上买一些回来，家里已经攒了不少，他希望临走之前，能够把一些卖出去，好给女儿们留下一些财产。

Chapter7　有一种人，叫做幸福
——写给心怀希望的你

妈妈姐妹四个长大之后，姥爷的事业就一蹶不振，一部分外债，还是女儿们还上的，看病住院做手术的费用，也是女儿们一点点凑上的。妈妈姐妹四个条件都不是太好，家家有本难念的经，姥爷看在眼里，急在心里。尽管努力了，可姥爷到最后也没能实现自己的愿望，没能给女儿们留下一些什么。

姥爷是在大年初二的早上去世的，当时的家里乱作一团，哭天抢地。下葬的那天，大家更是把眼泪都哭干了。妈妈姐妹四个都是温柔的淑女典范，在那一天都"撒泼打滚"，浑然不顾及自己的形象，她们只想多看一眼自己的父亲。在坟前，妈妈哭得几乎要昏过去了，要三个大男人才能把她从坟前拉开。

在死亡面前，什么尊严，什么体面，一切都是瞎扯。

很多年轻人对于老人的去世，并没有太大的感触，毕竟生老病死，这是自然规律，谁都无法抵挡，老年人因病去世或许也是再平常不过的事情。

那么，年轻人呢？

伟是我的高中同学，我一直都记得，他个子不高，长得却很帅气，永远坐在班里第三排的位置上。他想法很多，英语出奇得好，很聪明，却是个不走寻常路的孩子。还记得一次自习课上，他忽然收拾自己课桌里的东西，引来全班同学的注目。他一点点收拾好自己的东西，搬着就离开了教室，没错，是离开了教室，离开了我们的班级，离开了我们的学校。

随后的班会课上，班主任就宣布伟辍学了，他的学习成绩一直还

不错，大家都搞不懂他为什么要辍学。还记得，离开学校之后，他回来过一次，说男儿志在四方，他觉得在高中是浪费时间。后来，听说他去了一所技校，学习了一些技能。

和伟再次联系上，我已经上大学了，让我兴奋的是，他也在天津。我们偶尔会在 QQ 上聊天，在长达一年的时间里一直保持联系，却始终没有见面。有一天，他说他快离开天津了，他说他很苦恼，不知道是回老家结婚，还是继续在这里煎熬，他说他在建立自己的网站，他还说等他的网站建好之后，帮我的小说做宣传。

其中，我们也说过几次要见面，可他在工作，我在上学，时间总也无法对上，见面的事情一直在拖着。后来，我的课程紧了，也有了许多自己的事情，渐渐地也就不再和他聊天了。忽然有一天，在 QQ 空间里，我看到另一位同学发的状态："兄弟，你走好。"上面还写着伟的名字，当时还不知道是怎么回事，随后便在班级群里发现有人发了一个链接，我点进去发现是写给伟的悼词。

我整个人就蒙掉了，他怎么突然就……从别的同学那里了解到，他和父亲外出打工，走过了许多地方，然后在一场车祸中不幸去世了。

他是那样一个积极向上的少年，有才华，有上进心，然而，真的是天妒英才吗？知道他走的消息，我特意查看了他的 QQ 空间，直到现在他的 QQ 号还保留着，留言板上写了许多人的祝福，他的最后一条状态定格在 2012 年 3 月 30 日。我想如果有来生，希望他能够实现他所有的梦想。

我想伟肯定走得不甘心，不甘心他有那么多未完成的事业，不甘

Chapter7 有一种人，叫做幸福
——写给心怀希望的你

心他的梦想还没有实现，不甘心，什么都不甘心。可是，又能怎样呢？灾祸到来的时候，谁都躲不过。我们可以战胜困难，可以走过困苦，却唯独无法逃避死亡，这就是人最脆弱的地方。

每天都会有人因突发事故而死亡，我们真的应该庆幸自己还活着，既然活着，为什么不努力去闯，为什么不努力去争，难道真的要等到死亡来临，再也逃不过的时候，才发出一声不甘心的哀号吗？

我知道这本书是教会人如何幸福地生活，突然扯到死亡的话题，有一些沉重。可这正是我想要告诉所有人的，既然活着，就要珍惜现在拥有的一切，去爱自己，去爱自己身边的人，去爱自己身边的一切，付出爱，得到爱，这个世界，生命不会永存，可是，爱却可以。如果生命可以延续，那唯一的介质也就只有爱了。

未来的事情，谁也说不好。我妈曾经说过："好好过吧，谁知道明天会发生什么事呢，是福不是祸，是祸躲不过。"在我们尚且有生命去做一切事情的时候，就尽力去做吧，在我们尚且有生命去爱这个世界的时候，就尽力去爱吧。不要等到弥留之际，才后悔，那种伤痛，真的无法比拟。

一个人也好，两个人也罢

去年的春节，和几个老同学一起聚聚，大家都已经毕业工作了。

一个在地税局工作的小职员和一个在中学教课的小老师展开了一场对话。

"做老师多好啊，有周六日，有寒暑假，放着假出去玩，还照样拿工资。"地税局职员艳羡地看着中学老师。

"拉倒吧，教师这个职业谁做谁知道，每天面对那群学生，不把人气疯了，就得把人气傻了！还是你们好，每天多轻松啊，也没什么压力。"

"我们是轻松，闲得都快长毛了，有学生和你们斗，也挺有意思的啊。"

"要不然咱俩换。"

大家都说着彼此工作的好处，一直否认自己的工作。你羡慕我，我羡慕你。

Chapter7　有一种人，叫做幸福
——写给心怀希望的你

都说婚姻是围城，外面的人想进去，里面的人想出来。生活中，哪一个圈子不是围城呢？每个在圈子里的人，都想走出来，可每个站在圈子外面的人都想进去。

单身的人在羡慕恋爱的人，觉得恋爱多好多幸福，而恋爱的人却在羡慕单身的人，一个人多好多自由。在这个世界上，我们似乎永远都在羡慕别人的生活。

我第一次高考失利，因为不愿意上专科院校，所以选择了复读。在河北省，复读的学生每年都是高考的主力军，那一年，我也不幸成为了其中的一员。在复读班里，总觉得每个人都很神秘，好像背后都有一段不为人知的故事。——是我复读班的同学，一个特立独行的姑娘。——的名字是她自己给自己取的，她嫌自己的名字太土，写起来也太麻烦，所以用"——"来代替自己的名字。

——是一个把自己得隐藏很深的人，她从来不会向别人袒露心扉。虽然，她也会和大家一起笑、一起闹，但她从来不会把自己的心事说给别人听。我很少听到——谈起她的妈妈，唯一的一次听到，她也是轻描淡写，一笔带过。她不说，我也不好意思过问太多。——是一个独身主义者，也不喜欢八卦别人的恋爱私事，每次听到也是一笑置之。

——提到过一个远房亲戚，让我印象非常深刻，她说她的远房亲戚已经五十多岁了，至今独身一人，非常时尚健康，会像年轻人那样穿着超短裙，跳上一段街舞。每次提到这个远房亲戚的时候，——的脸上都充满神往，我却觉得这个五十多岁的老太太

精神有些问题。

　　我并不是很喜欢——这样的人，总觉得他们把自己隐藏得那么深，生活一定不幸福，把所有的心事积压在心里会好过吗？可我后来才发现我错了。

　　大学里的——过得生龙活虎，偶尔也会发发状态说几句脏话，吐槽一下自己的生活，但更多的是她那些"光荣事迹"，比如：在学生会的各种活动，校外联谊的事情，去做兼职，去做公益……她的大学生活堪称精彩。我想如果来一场恋爱就更好了。

　　于是，我便向她提议，别的事情已经足够精彩了，现在只差一场恋爱了。——在 QQ 上回复我一个白眼。我说："你的人生是不完整的，因为你没有恋爱。"——不屑地说："谁说有恋爱的人生才完整，我觉得我现在就很 OK，一切都很好。"

　　毕业之后，——去了一家公司的人力资源部。她的生活依旧精彩，参加定向越野比赛，参加环绕西湖骑行活动，去很多地方旅游，偶尔会说出一些很有哲理的话。

　　春节的时候，我们见过一次，在小小的快餐店里聊了许多。

　　我说出了我当年的疑惑，我问她，当年总把自己的心事憋在心里，好过吗？

　　- 她没有直接回答我的问题，而是给我讲了另一个女孩的故事，这个女孩是她从自己的母校招聘来公司的员工。

　　女孩似乎是逃离了人群活不了似的，她做什么事情都要和别人在一起，吃饭要和别人在一起，午休要和别人在一起，买东西要和别

Chapter7　有一种人，叫做幸福
——写给心怀希望的你

人在一起，甚至去洗手间都要喊一声："有没有一起的？"她的话很多，一会儿说和男朋友之间的事情，一会儿又说自己老家怎样怎样，无聊的时候，大家都会和她聊天，但时间久了，也就没有人愿意理会她了。

因为是——招聘过来的，又是——母校的校友，女孩总喜欢赖在——身边。起初，——还把她当个小学妹对待，对她百般照顾。可——发现，这个女孩子说话太直接了，什么心事都想说给别人听，就差剖开自己的心给别人看了。女孩和——抱怨和她同住的室友太小气，而这已经是第无数次和——提起那个小气室友了，——直接地说："麻烦以后不要再和我说这些。"在这之后，——便远离了那个女孩，尽管这样做让许多人觉得不近人情，可——还是拒绝和那个女孩闲聊，除非工作需要。

——问我："我们活在这个世界上，难道就是为了打扰别人的生活吗？"

这个问题有些尖锐，我从未思考过，但觉得结合这个故事来看，虽然冷酷，可不无道理。是啊，我们总是把心事说给别人听，考虑过别人的感受吗？每个人都有自己的生活要过啊。

——说："如果我觉得我可以自我消化的心事，我会想办法解决问题，而不是说出来，除非实在憋在心里难受，希望朋友可以帮我想想办法。不到万不得已，我并不想打扰别人的生活。"

很多时候，我们把自己的心事说给别人听，并不是抱着要别人帮自己想办法的心态，而只是为了一吐为快。甚至，过后连自己说过什

么都忘了。事实上，我们都在打扰着别人的生活。

我忽然觉得，羡慕别人的生活，是这个世界上最愚蠢的事情。每个人都有自己的生活方式，每个人都有自己认为最好的生活方式，无须羡慕别人，自己朝着自己喜欢的方向去努力，努力过上自己想要的生活，这就够了，别人的永远都是别人的。

而一味地抱怨自己的生活，是这个世界上最损人不利己的事情。向别人抱怨，吐苦水，把自己的负能量毫无保留地抛给别人，从未考虑过别人的感受。如果不喜欢自己的生活，那就想办法去改变啊，既不努力改变，还要去打扰别人的生活，这难道不是世界上最损人不利己的事情吗？

我问一一："你还是独身主义者吗？"

一一哈哈大笑："为什么是？为什么不是？"

我有些不解。

一一说："人这一辈子的终极目标，又不是为了找个人一起生活，我为什么非要逼着自己去找男朋友呢？"

"那你是独身主义者喽？"

"也不是，如果遇到了，那就去过另外一种生活，如果遇不到，那就把现在的生活努力过好，随意啦。"

是啊，生活中，我们似乎有些本末倒置。许多人想要结婚都想疯了，求爷爷告奶奶，给自己介绍对象，不断参加相亲，可结婚是为了什么呢？不就是为了生活得更好一些？一个人也可以生活得很好啊，人的一生不一定要两个人才可以过得好。

将问题延伸，许多人攒钱买房，为了房子不顾一切，牺牲了健康，牺牲了和家人在一起的时间，可买房子是为了什么？不也是为了过得更好吗？为了买房子，牺牲了那么多，反而把生活过得更差了，这不是本末倒置，是什么呢？

我想起——提到过的那个五十多岁穿短裙的单身女人，也开始明白，人家并不是精神有问题，而是一个沉浸在自己生活里的快乐单身老太太。一个人也挺好。

一个人也好，两个人也罢，终究是为了生活，过好当下就好。

每一天都是新的

有时候，我们都会觉得这个世界挺奇怪的，明明知道沿途都是风景，却生怕走着走着，心就开始荒芜了。

人的一生不会一直是平坦的大路，什么事情都有可能发生。

我在大二的时候，在一次突发事件之后，心底便一片荒芜。

大学期间，我的学费都是通过贷款来支付的。那个时候，学校的贷款开始变得很复杂、很难，对于申请助学贷款的学生而言，申请变得艰难许多。当时的辅导员对我们说，只贷学费比较好申请，选择毕业前还清的方式比较好申请。为了尽快申请贷款，我选择了毕业前还清的方式。这就注定了大学一路都很辛苦。

我从大一开始就一直在学校外面做兼职，希望能尽快攒到一笔还贷款的钱，然后就可以好好享受大学里的生活。一开始我在一家儿童拓展训练中心做兼职，那家拓展训练中心经营不善，后来就不需要兼职了。同学们都说去餐厅之类的地方兼职稳定，工资也比较高，于是

Chapter7　有一种人，叫做幸福
——写给心怀希望的你

我就去了一家西餐厅。西餐厅的老板是一个韩国人，地段在奥城附近，生意非常好，每个周六日都需要兼职，平时忙的时候也会需要兼职。所以，我就在这家西餐厅一直做兼职，维持我的收入。

2010年的夏天，世界杯的到来让西餐厅的生意一下子火到了极点。西餐厅那里有一个广场，广场上安装了大屏电视，每天晚上都会转播世界杯的比赛，很多人在这里喝着啤酒看着球，别有一番滋味。

那是一个星期天的晚上，恰好有一场很重要的比赛，老板一再问我可不可以加班，因为那天实在太忙了。虽然我很累，可看着一起工作的同事都那么忙，实在不忍心下班，便留下来加班。我原本八点钟就可下班的，但那天一直持续到了晚上九点半。老板说再干一会儿吧，我说真的不行了，宿舍十点就会锁门。老板这才让我走。

我匆匆忙忙赶回学校，却被一个小个子的男人拦住了，他戴着一个鸭舌帽，穿得很休闲，看上去像是一个学生，操着一口港台腔。

他说自己刚坐飞机来这边，原本是来这边上学的，可是入住酒店的时候，被服务员告知银行卡消磁了，身上也没带多少钱，刚出门手机还被人偷了，问我可不可以借他手机用一下，他和家人联络一下。

我一再要求他快一点儿，毕竟我也着急回学校，可是，他打完电话，仍旧向我求助，问我借一张银行卡，他爸爸会把钱打在我的卡上，然后他把钱取出来就还给我。我说我的卡都在学校里，他说没关系，他可以陪我回去去取。

我们打车回到学校，赶在学校锁门之前取出了银行卡，可我被锁在外面了。我当时并没有想太多，心想大不了被阿姨骂一顿，总不能让他一个人生地不熟的人露宿街头吧。拿到银行卡，他让我查了好几次钱有没有到账，可惜都没有。于是，我们就在一边一直等着，期间也聊了好多事情。

最后他又给他的爸爸打了一个电话，确定钱已经转过来了，但是他说可能晚上银行到账比较慢，便恳求我借一点儿现金给他，他先把酒店的房间确定好。当时也不知道怎么回事，他说先走，一会儿回来接我，我便相信了，一直等着他。

他走后没多久，我便有一种不祥的预感，这才感觉到自己可能被骗了，他带走了我的两千块现金，以及我的一张银行卡，我慌忙打电话挂失银行卡，然后，又报了警。事实证明我的确被骗了，他用我的手机号拨打的电话分明是国内的号码，而且当我再次打过去的时候，对方已经关机了。

奇怪的是，我当时报警的电话一直打不通，打了好久总算是接通了电话。没过几分钟警察就过来了，警察带着我去了那个骗子说的那家宾馆，根本查不到这个人的任何信息。然后，警察又带着我去派出所做笔录。

当时已经是凌晨了。我孤身一人在派出所里录笔录，脑子终于清醒过来，骗子有那么多的破绽，自己竟然毫无察觉。当时真的很想抽自己两巴掌，但终究还是没有那种魄力，于是我便没出息地哭了起来。

录完笔录，警察送我回了学校，我看看时间已经两点钟了，宿舍的姐妹们在门口等我，她们已经知道发生了什么事情，安慰了我两句，大家便各自睡去。

Chapter7　有一种人，叫做幸福
——写给心怀希望的你

第二天我发现我挂失的那张银行卡里的钱已经没有了，原来骗子的速度那么快，在我发现被骗之前就已经把钱取走了。我一再骂着自己，简直就是一个傻瓜！一个蠢货！可是，又有什么用呢？

当时用万念俱灰来形容我的状态再合适不过了。骗子一共骗了我五千块钱，当时，刚好助学金发了下来，加上我大一一整年兼职的收入，总共攒下了这五千块钱。我当时自嘲地说："一夜回到了解放前。"

在别人眼里，这可能就是一个学期的生活费而已，但在我眼里，五千块简直是一个天文数字。我在西餐厅兼职的工资是每个小时五块钱，后来老板涨到了六块钱，这五千块基本上都是五块五块这样攒出来的。

当时恰好面临考试，我勉强振作起来通过了考试，进入了暑假，我始终战战兢兢，生怕家里人会发现这件事。暑假警察给我打来电话，告诉我骗子抓到了，我还特意从老家赶回了天津，又做了一次笔录，本来要我指认骗子的，但是中间遇到了一些问题，没有指认。

我知道我应该振作起来，可是，却不知道如何去振作。只觉得自己心里一片空白，仿佛被谁掏空了一样。

我把被骗那天的日期作为我所有银行卡的密码，我要让自己牢记这一天，狠狠地记住这次愚蠢的行为。我还改了自己的QQ签名，告诉所有人我以后要做一个坏人，绝对不会心软，绝对不会善良。我对这个世界充满了仇恨，真的。

直到开学，我收到一封编辑的邮件，通知我稿子过初审了，虽然

只是初审，可仍旧点燃了我死灰一般的生活。每一天都是新的一天，每一天都可以拥有一个新的自己，我为什么一定要停留在过去呢？

我开始振作起来，又继续兼职，继续写小说。那篇稿子最后没有过终审，但是，已经不重要了，重要的是我又活过来了。我把我的银行卡密码改了回来，也删除了自己那条要变坏人的签名，我觉得自己这种行为真的好傻。

我们每个人的一生都会遇到这样或那样让我们近乎崩溃的事情，可是，既然发生了，那就接受吧。每一天都是新的，阳光、空气、蓝天……所有的一切都是新的，自己，也应该是一个新的自己。

我们总是害怕曾经积累的一切消失，害怕重新开始，可是，重新开始又能怎样？如果重新开始可以解决一切问题，那又为什么不去试一下呢？我们总是觉得有些事情没有做好，希望重新开始，可是，却总也忘不掉过去，其实，重新开始真的没有那么难，除非你从不给自己机会去试一次。

很多时候，我们的不幸福是因为自己沉浸在过去痛苦的回忆里，不愿意面对新的生活，可我们又都在追求幸福，于是在这种矛盾的状态下，越发觉得难过。谁都会有心底一片荒芜的时候，关键是看谁能在荒芜之后，找到一个新的自己。

每一天都是新的，想要幸福，那就从这一刻开始感受新的生活、新的自己吧。

Chapter7　有一种人，叫做幸福
————写给心怀希望的你

我喜欢一种叫向日葵的花

向日葵对于像我这种农村来的孩子而言，并没有什么稀奇的。

我小时候并不喜欢向日葵，甚至不觉得向日葵是一种花，扣下来的向日葵籽一点儿味道都没有，远不及集市上卖的那些色香味俱全的瓜子好吃。唯一觉得稀奇的是：它的脑袋一直跟着太阳走。

真正喜欢上向日葵，是因为我们宿舍的老大，她是向日葵的忠实拥护者，她的卡包、手袋、电脑屏保，上面的图案全都是各种各样的向日葵。我们当时都非常不理解，女孩子喜欢玫瑰，喜欢百合，喜欢薰衣草，这些都可以，为什么老大唯独喜欢向日葵呢？

直到和老大接触久了，才了解到她喜爱向日葵的原因。

从一出生开始，老大就不是一个被上天眷顾的孩子，我之所以这样说，是有理由的。老大和我一样，都是农村出来的孩子，我们出生的那个年代，还是重男轻女的年代。老大从一出生开始，就不受家里人喜欢，除了她的妈妈。她曾经说，她的爷爷奶奶非常喜爱她的弟弟，却时常给她脸色看,甚至会打她。

　　小时候因为是个女孩子,老大经常会受到家族的各种排挤,女孩子甚至不允许在家庭聚餐的时候上桌吃饭。老大从不吃肉,她曾经说那是因为小时候有一段时间太喜欢吃肉了,结果看到生肉也塞进了嘴里,呕吐了半天,打那之后,她便再也不吃肉了。我听到这些的时候,觉得内心一阵苦涩。对于一个处处受排挤的女孩子而言,能逼到抓到生肉都会吃,可见她的童年是多么艰难。

　　老大曾经坦言,她是一个很自私的人,做任何事她先想到的都是自己。我们曾经都非常不理解,可了解了她的成长环境,便觉得这是情有可原的。在那样的环境中成长,谁会不自私呢?除了自己,谁还会对自己好一点儿?

　　对于农村的女孩子而言,改变命运唯一的途径就是考上学,所以,但凡有些上进心的女孩子,都会像抓住一根救命稻草一样,抓住上学的机会。老大是个很爱学习的人,她太想改变自己的命运了。可是,这样一个拼命想要改变自己命运的女孩子,却总是得不到上天的眷顾。

　　老大经历了三次高考,没错,她复读了两年。第一次高考的时候,她比任何人都要紧张,毕竟别人只是考大学,她是在改变自己的命运。第一次高考,她失利了,但她没有哭,反倒是更坚强了。她义无反顾地选择复读,继续备战高考。第二次高考到来的时候,她比上一次还要紧张,或许她知道这可能是自己最后的机会了,家里人会允许她复读一次,但不可能允许她复读两次的。如果考不上,她或许就会像同村女孩子那样早早结婚生子。或许是因为精神压力太大,老大的第二次高考又失败了。

这一次，她哭了。她恨，恨命运的不公，为什么自己那么努力，却还是得不到上天的眷顾。哭过之后，她面临新的抉择，是就这样认命，还是向命再一次发出挑战。那个时候，她已经濒临崩溃，因为没有人知道她复读的这一年有多努力，这么努力还是没有考上，她的信心已经被消磨光了。而且，家里人并不同意让她再复读一年。

老大的妈妈，那个唯一守护老大的人在这个时候站了出来，她支持自己的女儿再试一次，因为不试一次，可能一辈子都会活在这个阴影里走不出来。老大的妈妈坚持让女儿复读，老大再次踏上了备战高考的征程。皇天不负苦心人，这一次，老大考上了，和我们走到了一起。

或许是因为得来不易，才会特别珍惜，大学里的老大非常努力上进，她的学习成绩一直名列前茅，每一年都会拿到奖学金。刚刚上大四的时候，所有人兵分两路，有的开始找工作，有的准备考研。我们的辅导员说，想要从事我们专业的职业，就需要考研再深造，因为本科期间学到的都只是一些皮毛而已。我从一开始就放弃了考研，总觉得并不喜欢自己的专业。

老大和羊妞儿一早就确定了考研。如果考本校的研究生，或许会容易一点儿，老大和羊妞儿都是心比天高的人，她们早早就有了自己的打算，老大想去上海，羊妞儿要去北京。跨校考研的难度堪比高考，老大和羊妞儿每天很早起床上早读，晚上到自习室关门的之后才回来，周末她们也不会休息，坐很久的公交车去上考研辅导班。

那一年，我在宿舍里做兼职编辑。她们的辛苦我全部看在眼里，老大和羊妞儿都瘦得不成样子。可是，这个世界上，不是所有的努力都会有回报的，我从一开始就说，老大从来都不是上天眷顾的人，没错，她考研失败了。

老大说，她从考场出来就哭了，那个时候就知道自己没有考好，她一边哭一边走，感觉回到了高考失利的时候，那种感觉一模一样。她说："总感觉命运对我不公平。"其实，我也一直觉得命运对老大太不公平了，她真的是一个很努力、很上进的女孩子，比我见过的任何人都要努力。

考研失败就意味着要找工作。当时，有考研失利的人邀请老大来年再战，因为考研也是可以复读的，但老大狠狠地拒绝了，她说没有这个必要了。

大连是老大一直向往的城市，毕业之后，她毅然决然地去了大连。在大连，她和自己之前的一个同学租了房子，然后找了一份特殊教育学校的老师工作，因为之前我们的一些课程也会涉及特殊儿童的特殊教育，所以专业还算对口。在自己喜爱的城市里，过自己喜欢的生活，坦白说，我很羡慕，也很佩服，毕竟不是每个人都会有这样的勇气和决心的。

之前大四的时候，老大拍了一套纪念写真，因为走得急，她没来得及拿，所以拜托我帮她去取，这让我多了一次见到老大的机会。她回来的时候，脸上洋溢着向日葵一样的笑容，我看得出，她大概过上

Chapter7　有一种人，叫做幸福
――写给心怀希望的你

了自己喜爱的生活。

在大连生活了差不多一年的时间，老大选择了回老家。我当时有些不理解，便问她："不是很向往大连吗？"她说："对大连了解得差不多了，工作上也学到了很多东西，是该回家的时候了。"没有太多的眷恋，她便回了自己的老家，进入当地的医院，成为了一名康复医生，这是她很早就确定的职业，是我们专业最好的就业方向。

我终于知道老大为什么喜欢向日葵。向日葵应该就是不被上天眷顾的花，没有迷人的香气，甚至它的味道有一些刺鼻，更没有漂亮的外表。可它仍旧高高地站立在太阳底下，脸永远朝着太阳微笑，积极向上，从不自暴自弃，尽力开放，这就对了。

我想如果每个人都能够活成一株向日葵，那么，这个世界就不会存在不幸福的人了吧。毕竟，老天可能会辜负一个努力上进的人，却不可能打倒一颗坚强勇敢的心。这个世界上，有幸运的人，就会有倒霉的人，如果你总是怨天尤人，那么，倒霉的永远都只是你一个。

不管老天有多么不眷顾你，只要你还眷顾自己，这个世界就还是你的。

我现在也非常喜欢向日葵，不知道，听了我的故事，你会不会也一样。

爱吧,爱到时光都醉了

有时候,生活总是喜欢和我们开玩笑。

我们努力争取的东西,可能快要拿到的时候,出了一点儿小偏差,于是遗憾错过;自己努力半天也到达不到的高度,却发现别人似乎只是踮起脚而已,就轻松达到了;关键时刻,总是掉链子了;不掉链子的时候,又总是没有机会。

我以前的大学同学倒霉小姐,她总有一句话挂在嘴边,就是"我怎么这么倒霉啊",后来,我们都叫她倒霉小姐。其实,我们许多人总觉得倒霉小姐的"倒霉事迹"都是她自己导致的而已,那不叫倒霉,那叫自作自受。

倒霉小姐去做兼职,是某品牌酸奶的促销员,每天的工资八十块,外加超额完成的提成。公司规定每天早上十点钟上班,晚上五点钟下班,因为是分派到各个超市做促销,所以没有人盯着上班,但是会有不定期检查。倒霉小姐爱睡懒觉,周末让她十点钟到达超市工作,这个挑战太大了,她几乎每天都迟到。后来发现根本没有人来检查,她基本上每次去都已经十二点了。

有一次,倒霉小姐照例十二点上班,到了超市肚子饿了,便先去吃饭。结果那天恰好有检查的人过来,把倒霉小姐抓个正着,把她狠狠地批评一顿,并说以后把她列为重点检查对象。倒霉小姐回到宿舍一顿牢骚,说:"我怎么那么倒霉,偏偏就让她逮到了。"

我们都沉默不语。

每次学期开学,辅导员都会重点查逃课问题。我们都提醒倒霉小姐,一定要按时去上课,倒霉小姐满不在乎,说辅导员是吓唬人的。结果,倒霉小姐在宿舍里看韩剧,没有去上课。辅导员恰好检查,全系只有她和另外两个男生被抓到,写了检查,全系通报批评。

倒霉小姐又说:"我怎么那么倒霉啊,不就这么一次课没去上嘛,就被辅导员抓个正着。"

我们还是沉默不语。

开学初,班干部开始统计上学期的分数,进行奖学金的评定工作。看到最后的名次排列,倒霉小姐大喊:"我怎么这么倒霉!"我们凑上去看,这才发现,倒霉小姐是班里的第七名,而奖学金发给前六名同学。

倒霉小姐说:"你们仔细看!"我们仔细看了看成绩表,发现第七名的倒霉小姐和前一名同学的分数相差 0.1。倒霉小姐的倒霉论又开始了,说自己命不好,说自己倒霉,说自己天生没有拿奖学金的命。奖学金评定结束了半个月,她还在说。

最后同宿舍的一个姑娘忍不住了,她说:"你所有倒霉的事情都是你自己造成的,怨不得别人。"

所有人都默默在心里给这位敢于说话的姑娘点了一个赞。

是啊,做兼职,明明是她迟到在先,却还说自己倒霉,怪检查人员;明明是她不去上课在先,却还说自己倒霉,怪辅导员;明明是她没好好学习在先,却还说自己倒霉,怪自己命不好。这种倒霉都是她自己造成的,要怪只能怪自己,怪不得别人。

每天活在抱怨里的人,是因为缺少对生活的热爱,倘若一个人像谈恋爱一样爱着自己的生活,那么,即便是倒霉事真的发生,对于他而言,也只不过是给生活增添一些滋味罢了。

我的高中同学薇薇,才是真正的"倒霉小姐"。有的时候,对于命运的安排,我们看上去总是那么无力。

薇薇和我一样,经历了两次高考的磨炼,可是和薇薇的高考之路相比,我觉得自己的高考之路简直太幸运了。薇薇的学习成绩一直都不错,她是个很踏实的姑娘,虽然比起其他人少了那么一些灵气,可在高中,拼的是努力。成绩从不会说谎,你有多努力,你的成绩就会有多好。

身为河北的考生,又是农村里的孩子,我们对于高考的渴望不是常人能比的。还记得当年班主任说:"我也知道高考对你们来说不公平,北京、天津的考生轻轻松松就能上个二本,可你们挤破头说不定也上不了,可目前来看,高考是相对而言对你们最公平的方式,你们别无选择。"

Chapter7　有一种人，叫做幸福
——写给心怀希望的你

正因为别无选择，所以我们拼尽全力。薇薇在高三的时候，真的是拼命。我们宿舍每天十点半熄灯，只有厕所的灯是亮着的，我好几次上厕所，都看见薇薇在里面看书。早上薇薇也是起得最早的，她先看会儿书，再去上早操。

可造化弄人，高考第一天，薇薇上吐下泻。高考的时候，学校的伙食总是比一般时候好得多，早上更是会有牛奶给大家准备着。因为高考的特殊性，学校对于吃的东西一丝一毫都不敢怠慢。全校一千多名考生，偏巧出事的人是薇薇，她早上喝了一袋牛奶，吃了一个鸡蛋，勉强撑过了上午的语文考试，下午的数学考试就开始上吐下泻。那一年是有史以来数学考试最难的一次，薇薇做不出题，更是难受。

高考的时候，是不允许出考场的，好几个监考过来商讨之后，决定让一名监考老师陪薇薇去厕所。监考老师在一边给她拿水拿纸，薇薇就守着厕所吐，恨不得把心肝肺都吐出来，后来监考老师都哭了，说太心疼这个孩子。

数学考试结束，薇薇从考场里出来，哭得昏天黑地。

薇薇自然而然成为复读大军里的一员，这一年她比前一年更努力了。第一年高考的时候，大家可能还心存侥幸，总觉得还有机会复读，毕竟那个时候复读的考生占了全部考生很大的比重。可真正进入复读班，大家心里都有数，这是最后的机会了。老师一再强调，复习第一年是效果最好的，如果第一年复习考不好，那第二年更没戏。

又到了高考的时候，薇薇又生病了，高考前一天高烧三十九度，也是上吐下泻，急坏了我们所有人，都替她捏了一把汗。第二天，薇

薇照常来参加考试，晚上考完试，回到医院输液。这一年，原本可以考上一本甚至重点大学的她，勉强上了一个二本学校。

大家都觉得薇薇很可惜，如果她没有努力，考不上也就算了，可她偏偏那么努力，造化还真是弄人。可薇薇却不这么认为，她觉得能考上已经是万幸。

她去了河北省的一所二本学校，学校很偏僻，据薇薇说和我们的小县城差不了多少。她仍旧是个努力向上的姑娘，坚信只要努力，在哪里都能过得很好。事实证明，薇薇的大学生活的确过得很好，她学习成绩优秀，总会有很多机会，学生会、班干部这些都少不了她。

我是在快大学毕业的时候才知道，当年薇薇第二次高考时，她的爸爸去世了。想想看，这姑娘是顶着多大的压力走上了考场啊，若不是因为对生活的挚爱，怎么会有这么大的勇气去战胜自己内心的绝望和恐惧呢？

薇薇大学毕业之后，回了老家，回到了她妈妈身边，在一所学校里做了一名老师。去年的十月份她结婚了，现在正在等待一个小生命的到来。我相信这个小家伙肯定是个快乐的人，因为他在娘胎里，就已经拥有了热爱这个世界的心。

这世界从来不是为谁量身定做的，总会有不如意的时候，也总会有不喜欢的地方，可是，能怎么样呢？我们可以改变世界吗？如果不可以，我们能改变的只有我们自己。

可能你会问我，这世界这么残酷，为什么还要去爱它呢？其实，

Chapter7　有一种人，叫做幸福
―――写给心怀希望的你

我也不知道，但我可以告诉你的是，我们每个人都是一个空瓶子，往瓶子里装进什么，自己得到的就是什么。我们把满满的爱装进去，得到的是更多的爱和希望。

任这世界怎样，只要我们还有一颗热爱生活的心，我相信总不会过得太差。

可能世界什么都会辜负，却唯独不会辜负一颗热爱着它的心。

如果你说你不再爱了，我不会埋怨世界的残酷，也不会怪罪时光的残忍，我只会觉得是你累了。

如果你说你开始爱了，我会说，爱吧，爱到世界都崩塌，爱到时光都醉啦。

图书在版编目(CIP)数据

那些年,爱教会我们成长 / 花木蓝著.—北京：中国华侨出版社,2015.10

ISBN 978-7-5113-5708-3

Ⅰ.①那… Ⅱ.①花… Ⅲ.①随笔-作品集-中国-当代 Ⅳ.①I267.1

中国版本图书馆 CIP 数据核字(2015)第242737号

那些年,爱教会我们成长

著　　者 /	花木蓝
责任编辑 /	叶　子
责任校对 /	王京燕
经　　销 /	新华书店
开　　本 /	670毫米×960毫米　1/16　印张/16　字数/193千字
印　　刷 /	北京建泰印刷有限公司
版　　次 /	2016年6月第1版　2016年6月第1次印刷
书　　号 /	ISBN 978-7-5113-5708-3
定　　价 /	29.80元

中国华侨出版社　北京市朝阳区静安里26号通成达大厦3层　邮编:100028
法律顾问:陈鹰律师事务所
编辑部:(010)64443056　　64443979
发行部:(010)64443051　　传真:(010)64439708
网址:www.oveaschin.com
E-mail:oveaschin@sina.com